Roberto Ricci

The Red Harlequin©

Um Novo Alvorecer

Livro 4

TRADUÇÃO
UBK Publishing House

ubook UBK Publishing House

Publicado mediante acordo com Pantominus Media Limited. Edição traduzida do livro *The Red Harlequin: A New Dawn*, publicado por Pantominus Media Limited.

COORDENAÇÃO Alessandra Brito
EDIÇÃO Nikita Sigrist
COPIDESQUE Christian Danniel
REVISÃO Nádia Maia e Eduarda Rimi
DIAGRAMAÇÃO Studio Oorka
ADAPTAÇÃO DE CAPA E PROJETO GRÁFICO Bruno Santos

Dados Internacionais de Catalogação na Publicação (CIP)
(Câmara Brasileira do Livro, SP, Brasil)

Ricci, Roberto
The red harlequin : um novo alvorecer / Roberto Ricci ; tradução UBK Publishing House. -- Rio de Janeiro : Ubook Editora, 2021. -- (The red harlequin ; 4)

Título original: The red harlequin : a new dawn
ISBN 978-65-5875-567-8

1. Ficção de fantasia 2. Ficção italiana
I. Título. II. Série.

21-72795 CDD-853

Ubook Editora S.A
Av. das Américas, 500, Bloco 12, Salas 303/304,
Barra da Tijuca, Rio de Janeiro/RJ.
Cep.: 22.640-100
Tel.: (21) 3570-8150

SUMÁRIO

CAPÍTULO 29: O ABISMO DA MORTE 9
CAPÍTULO 30: RETORNO A SAMARIS 23
CAPÍTULO 31: LAVANDAS E BORBOLETAS 33
CAPÍTULO 32: O MAGNÍFICO MONARCA 41
CAPÍTULO 33: UMA PRESENÇA SOMBRIA 59
CAPÍTULO 34: O EXÉRCITO MULTICROMÁTICO 67
CAPÍTULO 35: NA SOMBRA DA PIRÂMIDE AZUL 83
CAPÍTULO 36: UM NOVO ALVORECER 99
CAPÍTULO 37: DESPERTAR 107

Eu não temo mais a noite.
A noite não tem cores, é apenas um manto escuro.
Ela envolve tudo:
Cromos, territórios, destinos.
Durante a noite, feridas são curadas e máscaras são removidas;
Sonhos permeiam o ar.
A noite é uma promessa à espera de ser cumprida.
Pois um novo alvorecer está nascendo
E nada será como antes.

CAPÍTULO 29

O ABISMO DA MORTE

A guerra para acabar com todas as guerras tinha começado. Do alto de uma colina, olhei para baixo e vi cromos Laranja e Amarelos reunidos à minha frente com cem bandeiras e estandartes tremulando ao vento. De repente, eu sabia que nada seria como antes nos territórios, nunca mais. À minha direita, eu tinha meu bom e fiel amigo Daerec. Ele me salvara mais de uma vez e era alguém por quem eu mataria. À minha esquerda, estava Cestia, a bela Princesa Vermelha pela qual eu morreria. Como os deuses amavam uma boa ironia! Ficava intrigado ao lembrar que ambos foram meus inimigos no passado. Antes, mataríamos uns aos outros por causa de uma cor... Sim, os deuses também sabiam ser cruéis conosco, os mortais... ou talvez nós tenhamos nos tornado cruéis demais uns com os outros. Felizmente, os mesmos deuses que outrora nos dividiram decidiram cruzar nossos caminhos por uma razão: unir o que estava separado há muito tempo.

Minha jornada para promover a união dos povos começara no dia em que fugi de Axyum e virei as costas à minha própria linhagem, os Cromos Pretos. Ela continuou durante a batalha da cidade Vermelha de Samaris, quando decidi personificar o Arlequim Vermelho, um demônio inexistente tão temido pelos cromos que se tornara uma lenda utilizada para aterrorizá-los e mantê-los sob controle. Minha missão foi reforçada quando viajei para Everdia, onde os Cromos Verdes transformaram minha fúria em amor. E ela foi enfim cumprida quando cheguei às terras das Cromos Laranja e dos Cromos Amarelos, duas nações que viviam em cidades confinadas, tão próximas e ao mesmo tempo tão distantes uma da outra. Agora, os cromos dessas duas veneráveis cidades estavam juntos: pontos de ouro reluzente entre o cobre brilhante. Se isso era algo próximo ao que o futuro nos reservava, eu aprovava.

Dois cromos lideravam esse exército: o Irmão Ddeko, guia espiritual dos Cromos Amarelos, e a Irmã Sitria, uma das Irmãs regentes das orgulhosas Cromos Laranja. Após a batalha vitoriosa das Cidades Gêmeas, ambas as nações optaram por não usar mais máscaras. Fiquei feliz em ver uma expressão de satisfação no rosto dos líderes. Seus olhos e bocas, e até mesmo suas rugas, adquiridas pelos solstícios acumulados, expressavam o prazer que sentiam. Ambos haviam provado o fruto da liberdade e saboreado seu doce sabor.

— Estamos prontos para ouvir você, arlequim — disse Ddeko.

Assenti com a cabeça e virei-me para Cestia, com um sorriso no rosto. Ela segurou minha mão e a apertou suavemente. A presença dela me deu força. Eu sentia que o sol não nasceria se algum dia eu não a tivesse ao meu lado.

Virei-me para encarar a multidão de cromos Amarelos e Laranja que me olhavam fixamente. Quando cheguei àquelas terras montanhosas, vi apenas fazendeiros e criadores de gado. Mas, naquele momento, totalmente armados com espadas e escudos tomados das legiões Pretas derrotadas, aqueles cromos pareciam tão preparados para a batalha quanto os soldados de Axyum.

Ergui minha espada e os saudei:

— Irmãs! Irmãos! Hoje é um novo dia para nós e para nossos territórios! Hoje é o dia que marca o caminho para a liberdade, de uma vez por todas. Liberdade das máscaras que fomos forçados a usar! Liberdade das cores e dos ritos que fomos obrigados a seguir desde nosso nascimento! Liberdade dos Cromos Pretos e de qualquer outro opressor que ouse tentar nos dizer o que fazer com nossas vidas! Hoje é o dia de *vocês*!

O grito da multidão me inundou como uma onda estrondosa. Foi emocionante.

— Não esqueçamos as mortes daqueles que se foram com um objetivo em mente: nos trazer a este momento. Marchemos pelos territórios em nome deles também. E abraçaremos outras cores e outros cromos. Quando abrirmos nossos corações para eles, eles certamente se unirão à nossa causa.

Atrás de mim, ouvi Daerec dizer:

— Hum, não sei se eles vão achar que estamos levando uma mensagem de paz e amor quando nos verem armados com espadas.

Cestia deu-lhe uma cotovelada.

— Eles também verão idosos e crianças, não apenas guerreiros — murmurou ela.

Continuei a incitar a multidão:

— Não será fácil. Haverá momentos em que nos faltará coragem e nossas dúvidas nos dominarão, mas lembrem-se disto: foram vocês que começaram tudo! Que seus corações sempre guiem vocês!

Seguiram-se mais gritos de comemoração.

Conforme falava, eu descia da colina. Aproximei-me o suficiente para observar os rostos desmascarados das cromos Laranja e dos Amarelos que formavam as linhas de frente. Pude ver a ferocidade em seus olhos e sua autoestima crescente. Pude sentir o equilíbrio. Eles não temiam mais os territórios rivais ou os deuses. Estavam fartos. Sorri e voltei rapidamente para meus amigos. Dei um último e orgulhoso olhar para aquele exército recém-formado e, erguendo minha espada, gritei:

— Avante!

— Avante! — repetiram todos.

A energia deles espalhou-se pelo vale.

Dentro de mim, a voz de Chtomio sussurrava: “Una os territórios, Asheva. Liberte todos da mentira e da opressão que a cor cromática representa.”

— Farei isso, velho amigo, farei isso — murmurei enquanto montava meu cavalo.

— Você parece satisfeito consigo mesmo, Arlequim Vermelho — atestou Cestia, aproximando-se de mim.

— Estou satisfeito — respondi. — Estou seguindo tanto o meu coração quanto o de milhares de outros cromos.

— Espero que você seja tão convincente com os Cromos Vermelhos quanto foi com os Amarelos e as Laranja — comentou ela, aflita.

Eu conseguia compreender a preocupação de Cestia. A maneira como tínhamos sido banidos do esconderijo dos Cromos Vermelhos não facilitou as coisas para nós. Os nobres a expulsaram com um golpe, e precisávamos voltar para buscar seu apoio e aliança.

Fora uma despedida desagradável. Tínhamos encontrado os últimos soldados do poderoso exército Vermelho escondidos em um desfiladeiro na montanha. Eles ficaram felizes por eu ter salvado a vida de sua princesa, mas quando Cestia lhes ordenou que lutassem sob o comando de um arlequim, eles viraram as costas para ela. Um grupo hostil de nobres ashis (membros da casta mais alta dos Cromos Vermelhos) não facilitou as coisas. Liderado por Erai, um cromo mimado e privilegiado que fora rejeitado por Cestia na ocasião em que ela me conheceu, o grupo se propôs a manchar meu nome e a me fazer parecer não confiável. Isso levou a um conflito no qual Erai tentou assassinar a princesa sob o pretexto de salvá-la de si mesma. Ela conseguiu detê-lo com a ajuda de seus leais guerreiros Parabatai, mas ainda assim perdeu todo o crédito com os demais cromos de sua antiga Nação. Conseguimos escapar vivos por pouco, optando por partir em vez de participar de uma luta entre cromos Vermelhos.

— Eles vão entender — tranquilizei-a. — E se precisarem ser convencidos, desta vez, você voltará com um exército de apoiadores às suas costas.

— Este exército segue *você*, não a mim — murmurou ela, com certa inveja.

Parte de mim queria acalmá-la, mas eu sabia que ela tinha os próprios demônios para enfrentar, então optei por permanecer em silêncio enquanto cavalgávamos.

Seguimos a conhecida cordilheira das Montanhas Laranja em busca do riacho secreto que nos levaria ao esconderijo dos Cromos Vermelhos. Não consegui pensar em nenhuma razão pela qual eles não se aliariam a nós, tendo em vista nossas recentes vitórias. Nós tínhamos um inimigo comum, os Cromos Pretos, e eles certamente queriam derrotar os guerreiros de Axyum de uma vez por todas, mais do que qualquer outra nação. O Reino Vermelho e a Nação Preta compartilhavam uma longa história como inimigos.

Os Cromos Pretos...

Nossa vitória sobre o exército deles em Crodya devia ter dado um grande recado para Axyum. O pensamento de que seus Anciãos estavam muito provavelmente ocupados tramando uma vingança cruel me deixou inquieto. Ou talvez tenha sido o fato de que, ao pensar em Axyum e na Nação Preta, eu não me sentia mais como um cromo Preto. Eu não a via como a nação em que nasci, mas como o único obstáculo restante em minha missão de unir os territórios. Eu a via como o problema para o qual eu era a solução. Tais pensamentos calculistas me pegaram de surpresa. Eu falara sobre a necessidade de se cultivar um coração piedoso para aqueles que me seguiam, mas será que meu próprio coração ainda estava preenchido por um desejo sombrio de vingança?

Apesar de todas as minhas intenções, ainda sentia uma pontada de fúria acumular-se dentro de mim: amor e fúria, fúria e amor.

Esses dois sentimentos agitavam-se dentro da minha alma num abraço interminável. Olhei para Cestia e, pela primeira vez, senti medo dos meus sentimentos por ela, medo de que ela descobrisse que minha alma tinha um lado obscuro e me abandonasse.

— Ainda acho que se encontrar com os Cromos Vermelhos neste momento é um erro. Um grande erro.

Era Daerec ponderando. Estava receoso em reunir-se com aqueles que um dia exerceram domínio sobre ele. E quem poderia culpá-lo? Daerec tinha sido um janis, ou seja, um pária no Reino Vermelho. Todos os janis levavam uma vida miserável por serem a casta considerada inferior, sob o duro regime dos ashis. Esse foi um ponto de discórdia que me custou minha amizade com Chtomio, aquele que depois se revelou como o próprio Rei Vermelho. Por mais que eu tivesse me afeiçoado a ele — por ter salvado minha vida e me ensinado os costumes dos territórios que até então eu desconhecia —, ele falhara com seus súditos. Falhara com as crianças inocentes, como Tiara, cuja breve vida terminou de forma trágica após solstícios de miséria. E, ao falhar com ela e com seus semelhantes, ele falhara comigo.

— Os Cromos Vermelhos serão os mais fáceis de convencer entre todos — lembrei Daerec. — Eles têm tudo a ganhar com uma aliança conosco e nada a perder.

Eu esperava parecer mais confiante do que me sentia.

— Talvez, mas com base no que você disse, e com base no que sei sobre os nobres, Erai e seus lambedores de botas, eles definitivamente tentarão detê-lo. E tentarão convencer as Cromos Laranja e os Cromos Amarelos de que *eles* são mais aptos a liderar a guerra contra os Cromos Pretos.

— Eu não nasci líder e não tenho a intenção de me tornar um — disse. — Se todas essas nações decidirem que outro alguém é mais capaz de liderar nossa luta, que assim seja.

— Não seja tão ingênuo, Asheva — comentou Cestia. — Os nobres Vermelhos estão sedentos por poder e não se importam nem um pouco com ideais ou com o que é bom para os territórios. Se eles conquistarem a liderança deste exército, pode ter certeza de que o levarão à destruição.

— Ter três nações unidas contra um inimigo comum também é um forte argumento para que as outras nações de cromos se unam à luta — expliquei —, e uma vez feita uma aliança entre todas as cores, não se sabe ao que ela pode levar.

— Exatamente! — acrescentou Daerec. — Mas, neste caso, concordo com Cestia. Não há como dizer o que vai acontecer. Seu sonho de união pode não ser o resultado final desta guerra.

— Até onde sabemos, podemos morrer lutando pela causa. Você pode morrer. Eu posso morrer — disse Cestia. — E não quero morrer. Agora que conheci você, quero viver.

— Também não quero morrer — falei, estendendo a mão para ela. — Mas não viverei escravizado por regras que outra pessoa decidiu por mim. Isso é pior do que a morte.

— Escutem, escutem! — completou Daerec. — Eu farei com que ele permaneça vivo para que vocês, pombinhos, possam fazer uma Pygma ou duas de vez em quando!

Tanto Cestia quanto eu coramos pensando no ritual de acasalamento Amarelo e Laranja, enquanto Daerec desatava a rir.

Duas noites se passaram antes de chegarmos à passagem secreta que nos levou ao esconderijo dos Cromos Vermelhos, nas profundezas das Montanhas Laranja. Cestia liderou o caminho e, ao nos aproximarmos do covil deles, lembrei-me do vento uivante que sinalizava a entrada do abismo. Eram necessários olhos muito bem treinados para avistar a passagem, já que ela ficava camuflada por rochas vermelhas e alaranjadas, que confundiam a visão.

— Ali! — gritou Cestia, apontando para uma fenda estreita na rocha, bem à nossa frente.

Por um instante, pensei que ela estava enganada. Foi apenas quando passamos com as costas rente à parede que percebemos que parte dela se sobrepunha à parede atrás dela. Conduzimos os cavalos para a esquerda e entramos na brecha escondida.

— Idosos e crianças devem permanecer aqui com a maior parte do exército. Levaremos apenas cem soldados conosco — disse a Ddeko.

Eu queria levar ainda menos, mas, dado o comportamento beligerante dos Cromos Vermelhos durante nosso encontro anterior, era melhor ser prudente.

O Irmão Amarelo e a Irmã Laranja rapidamente deram as ordens, e uma pequena legião da cavalaria foi formada por cromos das duas nações.

Caminhamos lentamente dentro da ravina estreita, e eu me senti como um rato em uma armadilha. Se os Cromos Vermelhos nos vissem e decidissem atacar naquele momento, nossa situação ficaria complicada bem depressa. Mas Cestia nos guiava, e eu duvidava que alguém no esconderijo dos Cromos Vermelhos ousasse levantar a mão contra sua princesa.

O vento diminuiu, assim como ocorreu quando entramos na passagem na ocasião anterior. Um silêncio assustador pairava ao nosso redor. Segurei as rédeas do meu cavalo com uma mão, apertando o punho da espada com a outra.

— Talvez devêssemos chamá-los — sussurrei à Cestia. — Para o caso de estarem escondidos nos recantos acima de nós.

Ela assentiu com a cabeça e os chamou:

— Cromos Vermelhos! Sou eu, Cestia! Sua princesa! Trago boas notícias!

A voz dela ecoou pela fenda, mas ninguém respondeu.

Pelo canto do olho, percebi uma sombra passar por cima de nós. Instintivamente, desembainhei minha espada. À segunda vista, percebi que não era um cromo, e sim um abutre pousando sobre uma borda acima de nós. Gritei para assustar o animal carniceiro, que voou para longe.

— Cromos Vermelhos! Viemos ver vocês! Viemos em paz! — berrei.

Mas a única resposta que tivemos veio de outros abutres. Várias dessas grandes aves voavam sobre nós, rodando em círculos e preenchendo o ar com seus gritos agudos.

— Acho que os Cromos Vermelhos não confiam em nós — comentou Daerec. — Típico dos ashis e sayis.

— Talvez não tenham nos ouvido — disse Cestia.

— Os abutres teriam se afastado se alguém estivesse aqui — falei.

Continuamos a avançar a passos de caracol pelo estreito abismo. De repente, sentimos um cheiro horrível. Era um odor tão fétido que cheirava como se mil animais tivessem sido esquartejados no local e deixados para apodrecer. Pensei no gado das Cromos Laranja. Será que os ashis trucidaram um rebanho por ressentimento? Certa vez, dezenas de ratos invadiram Axyum. Eu devia ter sete ou oito solstícios. Lembrei-me das fogueiras que acenderam nas ruelas e de nossas patéticas tentativas de não respirar a morte e a doença que aqueles roedores trouxeram com eles.

Virei-me e percebi Cestia ficar pálida.

— O que aconteceu? — perguntou ela.

Não respondi. Em vez disso, rasguei um pedaço de pano vermelho da minha manga e o entreguei a ela.

— Cubra a boca e o nariz com isso — instruí.

Dei o mesmo conselho a Daerec, e nossos companheiros cromos seguiram o exemplo.

Enfim emergimos da passagem, saindo em um cânion. Ali, testemunhamos um espetáculo trágico: a enorme parede ocre e laranja estava toda manchada de vermelho. Havia cadáveres... cadáveres por toda parte. E eles estavam cercados de animais necrófagos! Abutres arrancavam a carne de centenas de corpos em decomposição com seus bicos afiados. Com os dentes caninos grandes e sujos, as bestas selvagens, de um tipo que eu nunca vira antes, estavam fazendo coisas com os corpos que nenhum cromo morto deveria sofrer. Pareciam os lobos das florestas de Axyum. Todos os cromos Vermelhos, de ambos os sexos, estavam mortos.

Encontrei o corpo de Erai ainda montado num cavalo, com a máscara no chão e metade do rosto devorado até o crânio. A boca estava distorcida em um sorriso macabro, triunfante na morte em sua tentativa de governar. A visão mais triste de todas foi a de uma pilha de crianças colocadas como bonecas de pano próximo à entrada de um templo. A pilha se mexia, como se estivesse viva, por conta dos ratos que reviravam os restos mortais.

— Não! — gritou alguém.

Era Cestia.

Ao ouvir o grito, os necrófagos instintivamente começaram a se afastar do mar de corpos, rosnando e grasnando em fúria.

— Devemos acender uma fogueira purificadora! — berrei. — Tragam óleo e tochas!

— Que os deuses amaldiçoem aqueles que cometeram esta atrocidade! — praguejou Cestia. — Que seus filhos e filhas não vejam mais a luz do dia!

Os gritos da Princesa assustaram ainda mais os animais que imediatamente fugiram de seu abominável banquete ao mesmo tempo que eu e Daerec começamos a balançar nossas espadas para afugentá-los.

O fedor da morte era tão intenso que quase desmaiei. Finalmente, um grupo de cromos Amarelos veio do final da tropa trazendo potes de couro de vaca cheios de óleo, que derramamos no chão antes de acender o fogo. O vento que se espalhava pela estreita passagem rochosa fez o resto, e logo as chamas chegaram até a entrada do templo. Muitos animais haviam se escondido dentro dele, e ouvimos seus guinchos ao passo que as chamas também avançavam com violência para a entrada. Ninguém sentiu pena deles quando morreram queimados.

O fogo envolveu toda a ravina, forçando-nos a evacuar rapidamente. Temíamos que as chamas se espalhassem dentro da passagem e asfixiassem nosso único caminho para longe da devastação. A fumaça, combinada com o cheiro de carne podre, nos afugentou das Montanhas Laranja. Observei cuidadosamente Cestia, impactada pelo luto, para ter certeza de que ela não ficaria para trás. Tive medo de que ela pudesse fazer algo para ferir a si mesma, mas, para minha surpresa, ela manteve os sentimentos sob controle. Sem dúvida, sua educação como filha de Chtomio a ensinara a ser forte, mesmo durante as piores circunstâncias.

Seu rosto, apesar disso, permaneceu impassível e inexpressivo como uma máscara. Seus olhos miravam à frente, estáticos e paralisados. Ela não respondeu quando chamei seu nome.

— Pelo menos, sabemos quem fez isso — disse Daerec, também muito preocupado com Cestia.

Ele me entregou uma máscara de bronze, que reconheci imediatamente como pertencente a um guerreiro Preto.

— Mas como os Cromos Pretos os encontraram? — perguntei, mais para mim mesmo do que para meu amigo.

Cestia enfim falou:

— Eles devem ter nos seguido na última vez que viemos aqui. Você se lembra?

Ela estava falando da vez que cavalgamos desde a Floresta Preta até o santuário secreto. Pensávamos na sorte por ainda estarmos vivos e, distraídos, fomos descuidados. Provavelmente levamos os Cromos Pretos direto aos Cromos Vermelhos. Desolados, sem ter para onde fugir naquele desfiladeiro, o ataque foi sem dúvida tão breve quanto sangrento.

— Então é por isso que os Cromos Pretos atacaram Crodya e Doryca! — concluí. — Eles estavam nos seguindo e, quando encontraram os Cromos Vermelhos, dividiram seu exército em dois. Metade permaneceu aqui para cometer esta atrocidade, enquanto a outra atacou as Cromos Laranja e os Cromos Amarelos. É por isso que não foram tantos soldados como quando atacaram Samaris.

— Mas, se é esse o caso — acrescentou Sitria —, onde se encontra neste momento a outra metade do Exército Preto?

Ninguém tinha tido tempo de se preocupar em fazer essa pergunta quando forçamos a retirada da frente de batalha deles, algo que foi surpreendente para ambos os lados.

— Provavelmente, atacando outros territórios — ponderei. — Eles estavam tão seguros de que iriam nos derrotar que talvez sequer pensaram no bem-estar de suas outras legiões. A esta altura, não tenho dúvidas de que eles se reagruparam com os covardes que assassinaram os Cromos Vermelhos no abismo.

— Então devemos procurá-los — sibilou Daerec. — E aniquilá-los de uma vez por todas.

Uma expressão sombria lhe tomou o rosto. Eu estava tão preocupado com Cestia que não tinha percebido que ele também devia estar sofrendo por ter visto os últimos de sua nação serem humilhados de tal forma, mesmo que fossem os ashis que ele insultava. E por mais que Daerec não quisesse admitir, por baixo de suas roupas de janis, batia o coração de um cromo Vermelho orgulhoso.

— É bem provável que eles atacarão os Cromos Violeta em seguida — considerou Cestia, com um tom de frieza na voz.

— Por que diz isso? — perguntei.

— É a única outra nação que iria se opor a eles — respondeu ela. — Os Cromos Azuis não são guerreiros em essência. São comerciantes, não representariam nenhuma ameaça aos Cromos Pretos. Mas os Cromos Violeta…

— Os Cromos Violeta também são comerciantes, não guerreiros! — rebati. — Que ameaça poderia vir de uma nação que vende sedas e especiarias?

— Você não os conhece bem, Asheva — disse ela. — É verdade, eles são comerciantes, mas são cromos mais incisivos do que os Cromos Azuis. São orgulhosos e independentes, e prefeririam morrer a se tornar escravos de outra nação. Pelo menos era isso que meu pai costumava me dizer.

Pensei nos meus encontros anteriores com cromos Violeta. Eu havia conhecido apenas dois comerciantes, Jhute e Zimdie, e, sim, eles demonstraram ser exploradores destemidos e reservados, mas também eram bons cromos que escolheram se tornar meus amigos. Zimdie até me deu algumas de suas preciosas roupas e pós antes de nos separarmos. No entanto, eu também vira o lado mais obscuro daquela Nação de cromos. Quando escapei de Samaris com Daerec e os outros marcromos, fomos atacados pelos Cromos Violeta, que atiçaram borboletas venenosas contra nós num ataque, além de liberarem uma fumaça estranha e tóxica. Teríamos a mesma recepção se derrotássemos os Cromos Pretos em seu território? Havia apenas uma maneira de descobrir.

— Precisamos formar outra aliança — disse a Cestia. — Devemos nos encontrar com os Cromos Violeta.

◆

CAPÍTULO 30

RETORNO A SAMARIS

Cavalgamos para longe das Montanhas Laranja e seguimos em direção ao Território Violeta, tal como Cestia sugeriu. Não sei se foi uma decisão inconsciente tomada pela Princesa Vermelha, mas, inevitavelmente, nossa viagem nos levaria ao Reino Vermelho, onde confrontaríamos mais uma vez o que restava de sua cidade, Samaris.

Eu também estava preocupado com a possibilidade de encontrarmos o Exército Preto antes de estarmos prontos para enfrentá-lo. Depois de consultar Sitria e Ddeko, decidi posicionar quatro grupos de guardas a cavalo em cada flanco do nosso exército, para servirem como nossos olhos e ouvidos. Felizmente, a maior parte do território Vermelho consistia de planícies abertas. Qualquer ataque surpresa dos Cromos Pretos seria difícil de ser feito durante o dia. Ainda assim, eu estava cauteloso.

— Não é seguro passar a noite aqui nas planícies — disse a Ddeko. — O alcance dos olhos dos vigilantes estará limitado pela escuridão ao nosso redor. Os Cromos Pretos poderiam facilmente acabar conosco durante o sono.

— O que você sugere que façamos? — perguntou ele.

Olhei para Cestia antes de responder.

— Deveríamos entrar em Samaris e acampar lá. Seria mais fácil nos defendermos atrás das muralhas.

— Se os Cromos Vermelhos foram incapazes de se defender quando as muralhas ainda estavam intactas, como você espera que nos defendamos entre suas ruínas? — questionou Sitria.

— Fomos pegos de surpresa em uma emboscada. Os Cromos Pretos violaram as Leis Coletivas — sibilou Cestia. — Foi por isso que conseguiram nos massacrar.

— Cestia está certa — disse Daerec. — Desta vez, seria diferente. Somos um exército e ansiamos pelo ataque dos Cromos Pretos para que possamos revidar.

— E as ruínas nos dariam uma melhor linha de defesa em comparação com os Cromos Pretos, que estariam expostos nas planícies — reiterei.

Todos concordaram. Fomos para o leste, em direção às ruínas da enorme cidade Vermelha que dominava o mar. Vista das planícies, ela parecia ainda mais desolada. Quando enfim chegamos à imponente rocha sobre a qual a cidade tinha sido erguida, a primeira coisa que nos impressionou foi o que sobrou das estátuas de Adio e Adia. Os deuses guardiões da cidade foram pulverizados pelas catapultas dos Cromos Pretos. Metade da cabeça de Adio jazia no chão, e somente os pés de mármore de Adia permaneciam eretos. Olhei então para o topo da montanha, onde um dia o castelo estivera erguido, e vi que nada restava dele. A poderosa torre de pedra que permaneceu intacta durante séculos como símbolo de Samaris fora reduzida a uma pilha de escombros.

— Onde você enterrou seu pai? — perguntei a Cestia.

Ela não respondeu. Em vez disso, baixou a cabeça.

— Cestia?

— Não quero ir vê-lo — disse ela. — Eu o decepcionei. Eu... decepcionei a todos.

— Cestia, você não pode…

— Eu levei os Cromos Pretos ao local onde os últimos Cromos Vermelhos estavam escondidos — continuou ela, como se não estivesse mais falando comigo, mas consigo mesma. — Meu mundo desmoronou diante dos meus olhos. E o que eu fiz a respeito disso? Nada, absolutamente nada. Apenas assisti, desamparada, enquanto tudo que era importante para mim foi destruído. Sou a última da família real e provavelmente serei a última do meu reino. Eu não fiz o suficiente para salvá-lo.

— O que você poderia ter feito? — respondi. — Tudo mudou rápido demais. Talvez esta tenha sido a vontade dos deuses.

Ela olhou para mim, com os olhos brilhando de fúria, e depois apontou para a cidade.

— Você acha que *esta* era a vontade dos deuses? O que nós, Cromos Vermelhos, fizemos para deixá-los tão zangados conosco?

Olhei para as ruínas antes de responder.

— Talvez os deuses estivessem zangados com a maneira como nosso mundo era. Eu não sei.

Em seguida, estendi a mão e acariciei suavemente seu rosto.

— O que eu sei é que nada disso é culpa sua.

Ela assentiu com a cabeça e tentou sorrir, mas seus olhos anis encheram-se de lágrimas. Então, dei-lhe um forte abraço, desejando poder de alguma forma aliviar sua dor, mas sabendo que seria impossível.

— Você quer que eu o leve até ele? — perguntou ela.

Parecia mais um pedido do que uma oferta.

Assenti com a cabeça. Durante a batalha de Samaris, eu vingara Chtomio matando seu assassino, o corrupto Ministro Vermelho Oris. No entanto, nos instantes complicados que se seguiram à nossa luta, fui obrigado a fugir do castelo como um criminoso, sem ter a oportunidade de prestar um último tributo de respeito ao cromo que tinha salvado minha vida e, é possível dizer, minha alma.

Nossos cavalos percorriam lentamente as ruas inclinadas e pavimentadas. Como invejei os habitantes dali durante o período em que vivi do lado de fora daquelas muralhas! Eu ansiava pelo perfume doce e picante dos cítricos e pelo som calmante das fontes musicais que ecoavam pelos terraços todas as noites para o prazer dos ricos!

No entanto, tal bastião da cultura Vermelha desaparecera, sendo substituído por escombros e decadência. A cidade jamais poderia voltar a seu antigo esplendor, pois seus criadores já não existiam mais. Ou talvez ela poderia renascer com novo sangue, novo amor. Tentei localizar o pátio de mármore quadriculado onde eu e Cestia dançamos e relembrei a primeira vez que a vi: uma visão em prata, ouro e vermelho, sua máscara acrescendo ao mistério, durante a Festa das Velas.

— Cestia — falei.

— Sim?

— Sei que você está sentindo muita dor neste momento, mas... queria que você soubesse que não passa um dia sem que eu agradeça aos deuses por aquela noite em que nos conhecemos.

Ela sorriu e corou.

— Também agradeço por isto.

— Mesmo agora, mesmo nesta tragédia, me sinto grato por você estar aqui. Se eu morresse neste instante, morreria em paz, sabendo que te conheci... e que te amei de forma tão profunda.

— Não diga isso! Você não vai... *nós* não vamos morrer!

Ela estendeu a mão para segurar a minha. Cavalgamos um ao lado do outro, incitando nossos dois cavalos de maneira a ficarem próximos.

Quando chegamos ao topo da montanha, descobrimos que o terreno estava cheio de crateras formadas pelas catapultas dos Cromos Pretos. Entre dois desses buracos havia uma lápide de mármore branca e recém-colocada. À primeira vista, parecia apenas mais uma ruína.

— Nós, Cromos Vermelhos, enterramos nossos entes queridos na caverna abaixo de Samaris, mas depois que a caverna foi selada durante o ataque, tivemos que enterrar meu pai aqui.

Ela se ajoelhou perto do túmulo e irrompeu em lágrimas.

— Acho que ele teria gostado de estar ao ar livre. Dessa forma, poderia cuidar do reino que um dia foi dele.

Ajoelhei-me perto dela e rezei em silêncio por meu amigo Chtomio, Rei dos Cromos Vermelhos. Rei dos Arlequins. O que ele diria se pudesse ver seu sonho realizado: que eu tinha de fato me tornado o infame Arlequim Vermelho? E onde estavam todos os outros arlequins, os lendários heróis dos quais ele sempre me falou? Eles eram reais? Ou apenas mais um produto de sua imaginação, que ansiava por dias melhores? Senti que nunca teria respostas satisfatórias para tais perguntas.

Quando enfim voltamos ao sopé de Samaris, Daerec nos esperava com uma companhia inesperada.

— Nós os encontramos escondidos na antiga galeria, junto ao túnel que levava para dentro da cidade. Você sabe, ali, onde mendigávamos por migalhas — disse. — Eles agem como se a entrada ainda fosse proibida. Pelo visto, hábitos antigos são difíceis de esquecer.

Ao que, ou melhor, a quem Daerec se referia era um grande grupo de janis, a casta mais baixa da sociedade dos Cromos Vermelhos. Daerec tinha sido um deles, mas sempre se recusou a receber qualquer coisa das castas superiores para nunca dever nada a elas. Ele se sustentava de forma escassa, extraindo tudo que podia do mar, razão pela qual se denominava um marcromo. Os humildes janis estavam agitados, devorando a carne seca que um cromo Amarelo lhes ofereceu. Comiam com voracidade debaixo de suas miseráveis máscaras de palha sujas de lama. Eu podia sentir o olhar suspeito deles às minhas costas.

— Quem são vocês? Por que não estão usando máscaras? — perguntou um deles, enfim, entre mordidas.

— O tempo de usar máscaras acabou, amigo — respondi.

O cromo Vermelho pareceu refletir sobre isso por um instante, sua máscara voltada para as de seus companheiros janis.

— O que você quer dizer? Não somos mais obrigados a usar uma máscara? — indagou um outro, desconcertado.

— Olhe ao seu redor — apontei. — Este lugar está em ruínas e, no entanto, sua preocupação é se deve usar uma máscara ou não.

— Não entendo — disse o cromo. — Sempre usei máscara.

Olhei para ele com pena. Às vezes, as algemas dos hábitos são mais fortes do que algemas de ferro.

— Vocês foram os únicos que restaram aqui? — perguntou Cestia.

Os janis hesitaram em responder.

— Não queremos fazer mal, irmão — disse Daerec. — Eu também era um janis.

— Você não se parece com um janis — refutou o cromo Vermelho.

Então, enfim decidindo-se, ele acrescentou:

— Perto das salinas. Lá está o resto de nós.

— Temos todo o sal do mundo agora — exclamou outro janis alegremente. — Os Cromos Pretos levaram bastante com eles, mas ainda resta muito lá! Estamos ricos!

Cestia desmontou de seu cavalo e aproximou-se do grupo de indigentes.

— Vocês sabem quem eu sou? Conseguem me reconhecer?

Os cromos balançaram a cabeça. Um deles comentou:

— Você se veste como uma cromo Vermelha, mas não se parece com uma janis.

— Esta é Cestia, sua princesa... *nossa* princesa — disse Daerec, para minha surpresa.

Os janis instintivamente fizeram uma reverência.

— Não tínhamos ideia de que você ainda estava viva — disse um velho cromo, com a voz trêmula.

— Vamos devolver o sal, por favor, não nos machuque! — suplicou uma criança com deficiência física.

— Por favor, fiquem de pé — respondeu Cestia com gentileza. — O tempo de ser janis ou ashi acabou. Eu não estou aqui para puni-los.

Demorou algum tempo para que isso fosse assimilado. Os janis foram proibidos durante séculos de sair de sua casta ou de comercializar o sal, que havia produzido fortunas para seus "superiores", mas que, para aqueles considerados inferiores, sempre fora proibido, representando um motivo para execução sumária.

Quando conseguimos convencê-los de que Cestia estava sendo sincera, eles nos levaram para a pequena colônia que ainda restava de sua casta. Cestia chorou e os abraçou, dizendo o quanto estava feliz por ver que os Cromos Vermelhos não eram apenas uma lembrança. Naquela comunidade sitiada, ela viu as sementes de seu futuro cromático. Eles iriam reconstruir a Nação Vermelha, juntos!

Uma das janis, porém, não foi tão receptiva, especificamente em relação à Cestia.

— Estávamos na miséria quando tínhamos um rei e estamos na miséria agora que não temos um rei — disse ela, enfurecida e certificando-se de que também a ouvíssemos. — Por que deveríamos ficar felizes em ver outro nobre?

— Porque estamos travando um novo tipo de guerra, uma guerra que acabará com essas práticas arcaicas e cruéis! — clamou Cestia. — Procuramos acabar também com todas as desigualdades e ressentimento entre as cores. Não sou mais uma nobre, e você não é mais uma janis.

A cromo não respondeu. Em vez disso, ela virou sua máscara branca esfarrapada em direção a um cromo janis.

— Eles dizem que somos todos iguais e, ainda assim, vêm montados em cavalos bem-alimentados enquanto nós estamos aqui de pés descalços. Se eu pegasse um punhado de aveia seca de seu saco de ração para dar ao meu filho, eu seria chicoteada.

Antes que alguém tivesse tempo para dizer ou fazer alguma coisa, Cestia desmontou de seu cavalo e o conduziu até a janis.

— Olhe nos meus olhos — disse Cestia.

A janis olhou para ela com relutância. Eu podia imaginar o ódio e a desilusão que retorciam seu rosto por trás da máscara, e conseguia compreendê-la, pois fui obrigado a viver entre eles por um tempo, sentindo-me grato por ter sido abrigado numa velha cabana de barro que uma doce criancinha órfã ofereceu para compartilhar comigo.

— Você tem todo direito de reclamar — prosseguiu Cestia. — E pode continuar fazendo isso para sempre. Ou... poderia se unir a mim e lutar por si mesma e por um amanhã melhor. Entre essas muitas cores reunidas à sua frente, você só encontrará amigos. Somos todos cromos que decidiram se libertar de nossas algemas e das falsas crenças incutidas nos pais de nossos pais. Decidimos não ser mais escravos. É por isso que nos recusamos a usar máscaras. Queremos que todos nos territórios saibam quem somos, e que possam ver as expressões em nossos rostos para entenderem como nós nos sentimos.

Cestia então entregou as rédeas de seu cavalo à janis.

— E sim, é verdade — acrescentou ela. — Ando a cavalo há muito tempo. Agora é sua vez.

A cromo, em resposta, colocou a mão trêmula sobre sua máscara e a tirou lentamente, revelando um sorriso tímido e um rosto jovem e bonito por baixo. Cestia não esperou por uma resposta.

— Partiremos ao amanhecer. Quem quiser se unir a nós é bem-vindo.

— Falou como uma verdadeira princesa! — sussurrou Daerec perto de mim, e, desta vez, não havia sarcasmo em sua voz.

No dia seguinte, quando nosso exército se preparou para entrar no território Violeta, encontramos todos os janis prontos e esperando por nós nas salinas.

— Parece que você os convenceu — disse para Cestia.

— Não, eles se convenceram — respondeu ela.

— Precisamos dar a ela um novo cavalo — cochichou Daerec, apontando para Cestia.

Balancei a cabeça.

— Ela quer andar. Vamos deixar que ela faça o que precisa fazer.

Também desci do meu cavalo e fui caminhar ao lado dela.

◆

CAPÍTULO 31

LAVANDAS E BORBOLETAS

Retomamos nossa jornada, percorrendo cuidadosamente campos de lavanda verdejantes até o coração do território Violeta. Tínhamos seguido o mar até avistarmos as lavandas além das dunas de areia. Elas ondulavam na brisa, criando ondas intermináveis de roxo e lilás que iam até onde os olhos podiam ver.

Cestia, caminhando perto de mim, disse:

— É lindo, não é?

Ela parecia estar mais em paz consigo mesma após nosso retorno a Samaris.

— Sim — sussurrei —, a cor me lembra seus olhos.

Ela se inclinou e me beijou.

— Por favor... nos poupe disso! — disse Daerec atrás de nós, fingindo vomitar.

— Pelo contrário, você poderia aprender algumas coisas com Asheva quanto a isso — comentou Shaina, a jovem Irmã Laranja.

Ela deu um tapinha no braço dele e todos nós rimos. Os dois tinham se aproximado após a batalha das Cidades Gêmeas, e eu estava feliz por ambos.

Ao entrarmos no território Violeta, eu me perguntava como os cromos dali reagiriam assim que vissem nosso exército. O que fariam? Certamente, nós seríamos vistos como invasores, e isso só inflamaria ainda mais o lado desconfiado dos Cromos Violeta, como apontou Cestia.

— Você parece preocupado — disse ela, como se lesse minha mente.

— Não podemos nos aproximar dos Cromos Violeta com todo nosso exército — afirmei. — Eles nos veriam como uma ameaça e usariam seu conhecimento da natureza contra nós antes mesmo de termos a chance de explicar o motivo da nossa visita. Eu faria o mesmo no lugar deles.

— Como podemos nos aproximar, então? Devemos enviar um mensageiro?

— Os Cromos Violeta são amigáveis quando estão na estrada — respondi. — Mas são muito protetores quanto à pátria, quase obsessivamente. Pelo menos, foi o que meus amigos Jhute e Zimdie me disseram e o que testemunhamos em primeira mão. Eles envenenam os intrusos primeiro e fazem perguntas depois... se os intrusos sobreviverem.

— Por que eles são assim? — perguntou Shaina.

— Meus amigos me explicaram que a terra deles foi invadida uma vez, há muito tempo — expliquei. — E a memória desse tempo horrível perdura em suas vidas até hoje. Agora eles preferem a morte à escravidão e permanecem sempre vigilantes, prontos para atacar se suspeitarem que outra nação planeja invadir suas terras.

Refleti um pouco mais sobre isso.

— Vamos falar com Sitria e Ddeko — sugeri. — Poderíamos nos beneficiar da experiência deles, já que as Cromos Laranja e os Cromos Amarelos confiam muito uns nos outros.

Nós quatro recuamos pela caravana em movimento para encontrar aqueles dois líderes veneráveis. Expliquei-lhes quais eram minhas preocupações e ambos compartilhavam da mesma opinião.

— Precisamos minimizar qualquer possível atrito entre nossas nações — disse o Irmão Amarelo. — Eles não sabem muito sobre nós, e nós não sabemos muito sobre eles. Enviar alguém importante para nós ajudaria muito a estabelecer confiança.

— Irei sozinho e falarei com o líder deles — propus.

— Que nem você fez comigo? — perguntou Ddeko, incerto. — Fui benevolente com você, mas o líder Violeta pode não querer lhe dar ouvidos.

— E não se esqueça de que quase o matamos — acrescentou Sitria, lembrando-me de como, se não fosse por Daerec e Cestia, eu teria ficado à mercê das Cromos Laranja.

— Tenho dois bons amigos Violeta que já me ajudaram uma vez — afirmei. — Certamente, eles me apoiarão.

Olhei para Daerec e Cestia.

— Além disso, tenho mais dois voluntários que já me salvaram em numerosas ocasiões e que sem dúvida me salvarão novamente, se necessário.

— Três voluntários! — corrigiu Shaina.

Depois de delinearmos nosso plano para o primeiro contato, concordamos que o exército acamparia perto do mar e ficaria lá por três dias. No quarto dia, ele retomaria sua marcha em direção a Papylia, a capital dos Cromos Violeta, independentemente do nosso retorno.

Nós quatro partimos ao anoitecer, esperando que a escuridão nos protegesse de qualquer encontro indesejado até que estivéssemos bem-inseridos no território Violeta. Disse a meus amigos para usarem máscaras e ficarem longe de qualquer casa sobre rodas que encontrássemos, pois esse era o método preferido de viagem dos Cromos Violeta. Seus veículos puxados por bois eram como pequenas fortalezas. Quanto menos atenção chamássemos até que estivéssemos prontos para tornar nossa presença conhecida, melhor.

— Entendo que seus companheiros de viagem Violeta disseram muitas coisas, mas você tem certeza de que eles não estavam se gabando para se proteger? — perguntou Shaina.

Contei o que havia acontecido com nosso pobre amigo que morrera por conta das borboletas venenosas liberadas por cromos Violeta, um ataque que eu testemunhara sem poder fazer nada. Daerec descreveu a fumaça venenosa que os mesmos cromos soltaram para nos expulsar da terra deles. Naquele momento, meu amigo marcromo me olhou intrigado:

— Nunca entendi uma coisa: quando escapamos de Samaris, eles pareciam estar nos esperando. Como eles sabiam que éramos arlequins?

Admiti nunca ter pensado nisso antes. Só lembro de estar desesperado para sair da Cidade Vermelha. A enorme escala de mortes desnecessárias que ocorreu em Samaris naquele dia me deixou mergulhado em dor. Prometi a Daerec que faria aquela pergunta a Jhute, supondo que ele e Zimdie estivessem em Papylia. Eles viajavam com frequência para vender suas mercadorias, antes da queda de Samaris. Entretanto, tudo mudara muito nos territórios desde então. Eu esperava que eles estivessem seguros.

Depois daquela primeira noite, esconder-nos das casas sobre rodas dos Cromos Violeta tornou-se mais difícil, pois a quantidade aumentou conforme nos aproximamos de suas terras. Os campos de lavanda eram nossa única proteção, mas tivemos que esperar, agachados por horas, até que os veículos de transporte dos Cromos Violeta passassem. Todos eles pareciam ir na mesma direção: a capital.

No final da segunda noite, quando o sol nasceu sobre o mar sereno, algo extraordinário aconteceu.

— Vejam aquilo! — disse Shaina, apontando para o céu alaranjado.

Um bando de pássaros, tão grande que encobriu o sol, voou em nossa direção. Ao se aproximarem, pude ver que não eram pássaros. Eram muito menores.

— O que… são essas coisas? — disse Daerec.

— Borboletas! — gritou Cestia. — São borboletas!

Milhares e milhares de borboletas brancas começaram a voar ao nosso redor.

— Rápido, abaixem! — sibilei. — Fiquem no chão e não se mexam! Elas podem ser venenosas!

Por sorte, a panapaná não deu atenção ao nosso pequeno grupo. Elas seguiram em frente, dançando como flores ao vento, graciosas como se fossem uma única alma, em direção a Papylia.

Logo em seguida, outro enxame surgiu, este formado por borboletas-monarca gigantes, estampadas com todas as cores do arco-íris.

— Só tinha visto borboletas laranja até então — disse Daerec, admirado.

— Elas são lindas! — exclamou Cestia.

— O que está havendo? — perguntou Shaina.

Depois, lembrei-me de outro ensinamento de Jhute: "Quando as borboletas voltam para Papylia, isso marca o fim do solstício dos Cromos Violeta no exterior. Um sinal de que cada cromo Violeta deve retornar ao território de seu nascimento".

É por isso que tínhamos visto tantas casas sobre rodas: todos estavam voltando para casa!

Disse a meus três amigos que via aquela coincidência como um sinal benevolente por parte dos deuses. Todos os Cromos Violeta já teriam voltado para Papylia quando lá chegássemos, e certamente isso incluiria meus amigos Jhute e Zimdie.

— Tudo que precisamos fazer agora é apenas seguir as borboletas! — falei empolgado. — Elas nos levarão ao coração da cidade Violeta.

— Sim, mas o tempo está se esgotando — advertiu Shaina. — Os outros estão esperando. Precisamos ir para Papylia depressa.

Decidimos marchar durante a noite e fazer intervalos mais curtos para descansar. No dia seguinte, ao seguirmos viagem, ficamos absolutamente estupefatos. A panapaná de borboletas começou a se multiplicar, e o céu estava cheio delas, em todas as cores e tamanhos imagináveis. A paisagem também mudou. Os campos de lavanda foram substituídos por pequenas árvores, da altura de um cromo, cheias de flores brancas e rosa. O vento rodopiava suavemente as pétalas caídas, formando padrões coloridos e perfumados no chão.

Também se tornou infrutífero para nós nos escondermos das casas sobre rodas, pois havia muitas. Felizmente, a visão de quatro jovens cromos de territórios diferentes, dois homens e duas mulheres, não representava uma ameaça para os cromos Violeta que encontramos. Ficamos agradecidos por seu famoso medo de invasão ter sido exagerado.

— Como vão? Vocês vieram aqui pelas borboletas, certo? — cumprimentou um cromo Violeta idoso, colocando madeira em sua carroça. — Jovens, quando eu era da sua idade, tinha a mesma curiosidade. Eu costumava vagar pelos territórios, movido por um impulso constante pelo "novo"! Mas agora os territórios se tornaram lugares perigosos, e eu não seria tão ousado quanto vocês.

Ele se apresentou como Ezychy, um comerciante de seda. Ele era corcunda e tinha uma perna um pouco mais curta que a outra. Usava uma máscara lavanda de aparência engraçada, com grandes buracos redondos nos olhos, nariz e boca que o faziam parecer perenemente maravilhado com o mundo. A máscara também tinha várias manchas descoloridas, provavelmente devido à exposição excessiva ao sol. Sem dúvida, Ezychy tinha vivido uma vida longa e plena, mas possuía a mesma exuberância alegre de um jovem cromo.

— Cultivo meus próprios bichos-da-seda, sabiam? Os melhores em todos os territórios! Aqui, isto é para suas belas amigas.

Ele graciosamente ofereceu um lenço de seda roxo para Shaina e um rosa para Cestia. Perguntei se ele conhecia meus dois amigos, Jhute e Zimdie.

— Jhute e Zimdie? — repetiu ele.

— Sim — eu disse. — Você conhece eles?

A voz de Ezychy ficou grave.

— Conheço.

Fiz outra pergunta, já sabendo a resposta:

— O que houve com eles?

— Foram mortos, assim como muitos outros cromos Violeta. Pelos Cromos Pretos. Que o território deles vire pó!

— Vamos garantir que isso aconteça, comerciante de seda!

Nós nos viramos para Daerec de cara feia, cuja voz era às vezes mais alta que o latido de um cachorro, mas o velho cromo assentiu com a cabeça em aprovação.

— Você tem certeza de que eles foram assassinados? — perguntei a Ezychy.

— Não encontramos seus corpos — disse Ezychy. — Acho que podem ter sido feitos prisioneiros. Os Cromos Pretos mantêm prisioneiros?

— Que eu saiba, não — admiti, cheio de culpa. Minha garganta pareceu ficar seca. — A menos que eles acreditassem que Jhute e Zimdie tinham algo a oferecer.

— Não consigo imaginar o que aquelas pobres almas poderiam oferecer. Aqueles dois não eram ricos — respondeu Ezychy, esfregando o queixo. — Apenas cromos humildes, como eu.

Aproveitei a oportunidade para explicar o verdadeiro motivo de nossa visita. Eu sabia que era um risco, mas algo naquele cromo Violeta me fez confiar nele.

— Não viemos a Papylia para ver borboletas, mas para buscar a aliança de sua nação em nossa guerra contra os Cromos Pretos.

Ezychy riu ao ouvir isso.

— Agora eu entendo. Vocês são comediantes.

Ao perceber que nós quatro permanecemos sérios, ele parou de rir.

— Não exatamente, Ezychy — falei, baixando o tom de voz. — Somos arlequins.

Ao revelar minha verdadeira natureza, retirei lentamente minha máscara para que ele pudesse ver meu rosto pintado com losangos brancos e vermelho-sangue.

— Unimos as Cromos Laranja, os Amarelos e os Vermelhos contra os Cromos Pretos. Há um exército esperando por nós na fronteira com o Reino Vermelho. Esperamos unir forças com os Cromos Violeta.

Por um instante, Ezychy permaneceu imóvel, como se estivesse congelado.

— Não tenha medo de nós — disse Cestia rapidamente. — Somos amigos. Nunca faríamos nada para machucar você.

Isso pareceu acalmá-lo, e ele falou novamente.

— De fato, ouvi falar de arlequins surgindo em outros territórios e atacando os Cromos Pretos. Pensei que era apenas mais um conto, mas, aqui estão vocês, quatro cromos ousados, claramente de cores diferentes, caminhando unidos.

— Então você sabe sobre nós... — disse Daerec.

— Sim. Um exército de cromos não passa despercebido. E alguém disposto a arriscar o pescoço admitindo que é o lendário Arlequim Vermelho deve realmente ser ele. Ou um idiota louco... — disse Ezychy, sorridente. — Vimos seus companheiros acampados junto ao mar... ou você achou que nós, Cromos Violeta, éramos cegos?

Cestia tocou-lhe o braço de maneira delicada.

— Você pode nos ajudar, Ezychy? Pode nos levar a Papylia para que possamos falar com quem tiver o poder de decidir o que é melhor para sua nação?

Seu rosto mascarado encarou o chão enquanto ponderava o pedido de Cestia. Então, ele olhou para nós e assentiu com a cabeça.

— Sim, eu posso.

Quando montamos em seu veículo, ele nos observou com atenção novamente e comentou:

— Eu pensava que os arlequins eram mais velhos... ou talvez a idade seja algo que vocês também possam manipular...

— Talvez.

Sorri e pus minha máscara mais uma vez.

◆

CAPÍTULO 32

O MAGNÍFICO MONARCA

Àquela altura, eu já tinha conhecido a maioria das principais cidades dos territórios. Estava convencido de que nada mais me surpreenderia... mais uma vez, eu estava equivocado. A cidade de Papylia me deixou de queixo caído! Era tudo o que meu amigo Violeta, Jhute, disse que seria.

A cidade era composta por cinco pequenas ilhas, aninhadas em uma lagoa turquesa que servia como uma barreira natural entre o continente e o mar. Quatro das ilhas formavam um círculo externo que circundava a maior ilha, no centro. O que mais me surpreendeu foi a forma única como todas elas eram interconectadas.

— O que... o que é aquilo? — perguntou Shaina, apontando alto para o céu, para uma obra de impressionante engenhosidade.

Parecia uma vasta cúpula feita de açúcar e renda, que cobria as ilhas como se fosse um véu. Ezychy explicou como a estrutura permitia a entrada da luz e dos fatores climáticos, mas mantinha os inimigos afastados. A forma como foi feita não encobria nenhuma visão. Em vez disso, parecia uma construção extravagante e arejada:

dinâmica, tênsil e forte. Cromos Violeta, incluindo crianças, escalavam a superfície curva e pouco visível tão agilmente quanto os esquilos da Floresta Negra.

— Esta é a rede — respondeu Ezychy. — Ela é composta de milhões de fios de seda, finos como um bigode de gato, mas fortes como um touro, que mantêm as cinco ilhas presas umas às outras. Continuamos acrescentando novos fios para expandi-la, mas raramente ela precisa de reparos.

Pude perceber por que muitos cromos Violeta preferiam usar aqueles fios como forma de se deslocar de uma ilha para outra, em vez do método mais demorado de remar pela lagoa. Os fios perolados também serviam como um lugar de descanso para as milhares de borboletas que vinham até Papylia.

Daerec, por ser um marcromo que ganhava a vida no mar, ficou especialmente impressionado com a habilidade manual daqueles que teceram a maior rede que ele já tinha visto.

Shaina ficou menos impressionada.

— Por que vocês simplesmente não constroem pontes? — perguntou ela.

— Acredite ou não, as pontes são mais difíceis de construir e menos resistentes, sobretudo quando as tempestades agitam as águas do oceano. Os fios são muito fortes, alguns deles são tão antigos quanto a própria cidade.

— Deve ser complicado transitar por eles — comentou Daerec. — Para mim, isso parece um labirinto.

— Claro. Alguns são difíceis de seguir, pois tomam novas direções a cada curva — admitiu Ezychy. — Mas, desde que você olhe aonde vai, dá tudo certo.

— Por que as borboletas vêm até aqui? — indagou Cestia.

— As borboletas são atraídas pela beleza. E Papylia é a essência da beleza, em todas as suas formas.

"Este é um exemplo perfeito da filosofia Violeta", pensei. Embora no fundo do meu coração eu soubesse que esse não poderia ser o verdadeiro motivo, tinha certeza de que todos os Cromos Violeta acreditavam piamente que aquilo era verdade.

Seguimos até a ilha mais próxima. O ar estava bem perfumado, pois o ambiente era cercado de flores. *Esse* era provavelmente o *verdadeiro* motivo pelo qual as borboletas eram atraídas à cidade. Aquilo me fez lembrar da Feira da Colheita em Ayas. O céu zumbia com uma multidão de insetos exuberantes e parecia que não estávamos mais nos territórios, mas que tínhamos sido transportados para uma terra estranha de feitiços e encantamentos, de outro tempo.

Muitas das casas sobre rodas foram estacionadas perto da lagoa. Ezychy parou seu lar-transporte perto de um emaranhado de fios da rede, que eram ligados da costa da lagoa, esticados bem alto em uma curva vertiginosa, até a primeira ilha. Estávamos mais próximos, então pude ver que os fios eram de fato tão grossos quanto as cordas de um navio e provavelmente dez vezes mais fortes.

O cromo Violeta pediu que o seguíssemos.

— Hora de seguir andando — declarou ele.

Ezychy explicou que tanto os veículos quanto os animais de tração eram proibidos na cidade. A única maneira de visitar as cinco ilhas era a pé.

— Conseguem ver a ilha no meio da lagoa, com a torre alta? É para lá que estou levando vocês. É onde o nosso Magnífico Monarca Danayd mora.

Então, sem mais delongas, ele começou a escalar os fios, usando-os como uma escada. Todos nós seguimos o exemplo, exceto Shaina.

— Esperem! — disse ela.

— Algo errado, Shaina? — perguntou Cestia.

— Eu não vou até lá em cima — respondeu ela, recuando.

— Não há risco de cair — gritou Ezychy, que já estava no alto da rede. — Nossa rede é pegajosa e fácil de agarrar.

— Eu não vou! Não me importa o que ele diz — berrou Shaina. — Tenho medo de altura, tem sido assim minha vida inteira!

Ela irrompeu em lágrimas.

— Você não vai cair, Shaina — disse Daerec gentilmente. — Eu vou te segurar.

Ela balançou a cabeça e agarrou-se à roda da carroceria de Ezychy, visivelmente abalada.

— Eu... não consigo. Vão vocês. Vou ficar aqui esperando.

"Todos temos nossas fraquezas", pensei. Aparentemente, o medo de altura era a ruína daquela forte e orgulhosa cromo Laranja. Eu me perguntava se aquilo servia como um meio de intimidação dos Cromos Violeta, mais uma maneira de desencorajar cromos estrangeiros a entrarem na cidade.

Daerec olhou para mim com uma expressão decidida, e eu assenti com a cabeça. Ele desceu e juntou-se à Shaina.

— Se você não vai, eu também não vou — disse ele.

A expressão de Shaina refletiu seu alívio e gratidão.

— Voltaremos em breve — prometi, embora minhas palavras não tenham expressado o tom convincente que eu esperava.

— É melhor voltarem! — disse ele, sorrindo. — Enquanto isso, descansaremos na casa de Ezychy.

Olhei para cima para ver se o cromo Violeta ouvira, mas ele já tinha subido ainda mais na rede. Assim, eu e Cestia retomamos nossa escalada. Bem abaixo, Daerec e Shaina pareciam cada vez menores.

Ambos admiramos como os Cromos Violeta eram ágeis ao se deslocarem de um fio ao outro. Eles fizeram do céu sua casa! As crianças exibiam-se executando saltos e giros arriscados, desafiando umas às outras a irem mais alto enquanto balançavam-se em fios soltos. Suas estripulias nos deixaram de queixo caído, mas os cromos Violeta adultos não estavam nem um pouco preocupados com aquilo.

Outros cromos se apressavam, parecendo esquecer por completo a altura em que se encontravam. Conversavam com entusiasmo enquanto saltavam de um fio ao outro, como se estivessem apenas desviando dos cromos a pé na movimentada estrada Canceriana.

Até o velho Ezychy, que tinha deficiência física, movia-se com naturalidade, saltando com uma velocidade surpreendente. Era difícil para nós acompanhá-lo, e eu me senti bastante constrangido. Mas Cestia, graciosa como sempre, logo pegou o jeito, movendo-se com agilidade.

— Vamos, jovens, saltem! — disse Ezychy, nos encorajando. — Com certeza vocês não podem ser mais lentos que este velho cromo!

Estávamos agora a meio caminho da primeira ilha. Muito abaixo, a lagoa assemelhava-se a uma poça. Comecei a entender porque Shaina sentia tanto pânico. Ter tantas borboletas rodopiando ao nosso redor também não ajudou, e logo elas se tornaram um incômodo. O vento nos fustigou com rajadas fortes que me fizeram perder o equilíbrio mais de uma vez.

Olhei para Cestia, preocupado que ela também pudesse perder o controle, mas eu já deveria ser menos ingênuo àquela altura. Ela poderia passar por cromo Violeta se quisesse. Quando conseguiu alcançar Ezychy, lançou um sorriso presunçoso em minha direção, enquanto esperava que eu os alcançasse.

— Ela pelo menos consegue acompanhar meu ritmo, já você parece um peixe fora d'água — disse Ezychy, com um risinho.

— Olhe, Asheva!

Cestia apontou para a primeira ilha, que se assemelhava a uma plantação de cogumelos, composta por muitas casas em forma de bolotas. O interessante era que estavam suspensas a trinta centímetros do chão por fios grossos que pendiam da rede. Elas também apresentavam cores diferentes, variando do verde-escuro ao roxo.

— Parecem... casulos gigantes! — exclamou Cestia, de um jeito animado.

Concordei, tão surpreso quanto ela com as peculiaridades dos Cromos Violeta.

— Do que são feitas? — perguntei a Ezychy.

— Seda seca, é claro. É muito resistente contra o vento que sopra aqui. Nós tecemos nossas casas como os bichos-da-seda tecem as deles. A maioria de nós cria os próprios bichos-da-seda dentro delas também.

Ele olhou para a lagoa e continuou:

— Neste momento, o mar está sereno, mas ocasionalmente temos enchentes. Quando ocorrem, tudo o que precisamos fazer é levantar nossas casas mais alto, baixar as escotilhas e resistir às tempestades.

Tentei imaginar como deveria ser morar numa casa que balançava como um navio durante uma tempestade. Eu preferia muito mais as aconchegantes casas feitas de pedra de Axyum, e senti um nó inesperado na garganta ao pensar no meu antigo lar e na minha mãe, que era o coração dele.

Ezychy então acrescentou:

— As quatro ilhas exteriores são chamadas de Pupyas. Esta é a Pupya do norte. Vou levá-los agora para Papylia, a ilha principal.

— Então é por isso que a cidade se chama Papylia? Não sabia disso — admitiu Cestia.

Ezychy assentiu com a cabeça.

— Foi onde começou a raça Violeta.

Eu e Cestia estávamos prestes a descer, mas Ezychy levantou a mão.

— Primeiro, devemos cumprimentar as borboletas — proclamou ele. — É a coisa mais cortês a se fazer.

Com isso, ele tirou a máscara e deixou várias borboletas pousarem em sua cabeça. Era difícil não encarar seu rosto deformado, mas consegui me conter e esconder minha repulsa. Graças ao tempo que passei na companhia de Jhute e Zimdie, nem pensava mais em sua aparência física.

Cestia, por outro lado, não conseguiu se controlar. Ela deu um pequeno grito e perdeu o equilíbrio. Ezychy rapidamente agarrou seu cotovelo e a ajudou a se recompor.

— Algo errado? — perguntou ele.

Cestia balbuciou um tímido pedido de desculpas.

— Fui surpreendida por uma rajada de vento — respondeu ela, desviando o olhar. — Obrigada.

Sorri, pois tinha contado a ela sobre meu primeiro encontro com cromos Violeta desmascarados, mas uma história não se compara a ver em primeira mão algo tão horrendo. Tínhamos rido da maneira como Jhute e Zimdie chamavam os outros cromos de feios e de como eles confessaram para mim, com sinceridade, que usavam máscaras não por tradição e educação, mas para evitar que as cores rivais ficassem com muita inveja da beleza deles.

Ezychy, totalmente inconsciente do horror que ela sentiu, sorriu, revelando dentes limados e lábios desfigurados, o que só o fez parecer pior.

— Nossa, sua boca! — desabafou Cestia.

Ela imediatamente levou a mão à própria boca, envergonhada por sua indelicadeza. Ezychy sorriu, orgulhoso.

— Você não precisa esconder seu espanto — disse ele. — Estou acostumado a ver os outros cromos sentirem-se envergonhados pela própria feiura. Mas também sei que vocês nunca tiveram o tipo de vantagens que nós, Cromos Violeta, temos quando se trata da Metamorfose.

— A… o quê?

— Metamorfose. Levamos uma vida inteira para alcançá-la. E precisamos da ajuda de nossos talentosos Modificadores, é claro.

Com entusiasmo, Ezychy continuou a explicar como seu rosto mutilado tinha sido modificado ao longo de sua vida. Não preciso dizer que foi um aprendizado e tanto para nós!

O ritual de escarificação começa no nascimento. Cromos Violeta treinados, conhecidos como Modificadores, injetam veneno de borboleta na pele ao redor dos olhos e da testa dos cromos recém-nascidos, até que seus olhos inchem e seus narizes adquiram o formato de um bico de ave, imitando a face das borboletas. Com o tempo, as injeções de veneno tornam a protuberância permanente, com o bônus adicional de torná-los imunes ao veneno. Mas não para por aí. Os artistas Violeta tatuam círculos negros ao redor dessas protuberâncias em padrões fantásticos que enfatizam ainda mais os olhos, de modo que eles se assemelham ao olhar de um inseto. Em seguida, os cromos Violeta voltam aos Modificadores, que fazem fendas verticais nos lábios superiores e os costuram novamente, para se assemelharem a mandíbulas de insetos.

Ezychy pôs a língua para fora até ela ficar bem abaixo do queixo. Ele se vangloriou por ter levado anos para conseguir fazer aquilo. A cada solstício, enquanto crescia, ele adicionava pesos para estendê-la até que ela se assemelhasse aos longos tubos de sucção que bichos-da-seda e borboletas utilizam para comer. Ezychy nos garantiu que todo cromo Violeta também era careca como ele, exceto por dois longos tufos de cabelo que usavam trançados, como se fossem antenas.

Quando conheci Jhute e Zimdie, nunca reparei em sua semelhança com as borboletas. Mas graças à multidão que naquele momento oferecia parâmetros para comparação, fiquei surpreso por não ter feito essa conexão antes.

Àquela altura, Ezychy estava dizendo à Cestia, com um brilho nostálgico nos olhos, como as cromos Violeta o consideravam bonito em sua mocidade.

— Você ainda é muito jeitoso — disse Cestia, sem fazer careta.

Ezychy corou.

— Considerarei isso como um elogio amável, especialmente porque foi feito por uma cromo tão jovem — agradeceu ele. — Você tem um jeito doce. É algo que torna sua terrível aparência palatável.

— Hum... obrigada...?

Desatei a rir e dei um tapinha nas costas do cromo Violeta.

— Pare de flertar, Ezychy, ou vai me deixar com ciúmes.

Continuamos nossa descida, passando pela ilha do norte e suas moradias em forma de casulo. Seguindo Ezychy, fomos pela rede por uma rota em espiral que ele disse levar ao centro de Papylia.

— Mas não vamos descer lá. Vamos subir.

Ele apontou para uma estranha torre longilínea, feita de um material rosa e transparente, e que ficava no centro da ilha. Ela era bem alta. Tão alta, de fato, que seu topo ia além da cúpula da rede e parecia se elevar diretamente aos céus.

— Você quer dizer até lá em cima? — perguntei, desanimado. Minhas pernas doíam por causa de toda a escalada.

— Precisamente — disse ele. — É lá que vive o Magnífico. E é para lá que vou levar vocês. Venham, me sigam.

Com relutância, eu e Cestia começamos a seguir o comerciante Violeta mais uma vez.

Subimos até chegarmos aos últimos fios de seda acima de nós. Estávamos em uma altura muito acima do solo, e até mesmo os fios que compunham a rede se tornavam escassos ali. Finalmente, vi que vários dos últimos filamentos jaziam sobre uma plataforma que circundava a torre. Aquele era nosso destino final, e eu e Cestia pisamos de bom grado no piso, ofegantes. Tinha sido uma escalada emocionante, mas cansativa. Ezychy, por outro lado, parecia que tinha acabado de dar um pequeno passeio.

— Fiquem aqui — disse ele. — Vou procurar alguém que leve vocês até o Magnífico.

Nosso amigo entrou na torre, enquanto respirávamos o ar fresco vindo do mar e observávamos a luz do sol atingir as ondas. Senti um desejo perverso de saltar daquela plataforma aberta. Como éramos os únicos cromos não Violeta presentes, os cromos que passavam não se preocupavam em esconder sua perplexidade diante de nossa presença.

— E se for uma armadilha? — questionou Cestia. — Os territórios ainda não veem arlequins como amigos.

— Então por que nos levar até o topo desta torre onde reside seu Monarca? — respondi. — Se Ezychy quisesse armar uma para nós, ele não precisaria se dar a todo esse trabalho.

— Talvez ele esteja nos ajudando de boa-fé, mas e se o mesmo não puder ser dito em relação aos outros cromos com quem ele falará? Como eles reagirão às suas palavras?

— Descobriremos isso em breve — respondi. — Aí vem ele.

Ezychy mancou em nossa direção, acompanhado por duas cromos Violeta em túnicas de seda longas e cintilantes.

— Vocês são aqueles que desejam ver o Magnífico — disse uma das cromos, num tom frio e formal.

Não era uma pergunta, mas uma afirmação.

— Sim, senhora — falei, curvando-me com cortesia. — Asseguro que viemos com as melhores intenções e para assuntos de grande...

— Nós sabemos de tudo isso — interrompeu a outra. — Sabíamos que vocês tinham chegado antes mesmo de colocarem os pés em Papylia. De que outra forma acham que conseguiram chegar até aqui inteiros? Foi por nossa vontade.

Fui surpreendido por suas palavras e estou certo de que Cestia teve a mesma reação.

— Venham — disse a primeira cromo, sem esperar por uma resposta nossa. — O Magnífico aguarda vocês e há muito o que falar.

Nós nos despedimos de Ezychy e prometemos visitá-lo em sua casa antes de partirmos de Papylia. Fiquei sensibilizado com a gentileza que teve com cromos que acabara de conhecer e lhe agradeci por isso. Depois, entramos na torre e passamos por um vasto átrio vazio. A torre não tinha um telhado interno; havia grandes telas triangulares amarradas e atravessadas em suas paredes, em diferentes tonalidades de branco e violeta. Quando o vento as agitava, lembravam as velas usadas por Daerec em seu tartan, quando ainda morava em Samaris.

Um cromo alto e magro com longos cabelos brilhantes e prateados apareceu por trás de uma das telas. Eu não conseguia distinguir se era homem ou mulher, jovem ou idoso. Ele ou ela estava envolto em sedas brancas e roxas, dos pés ao pescoço. Sua máscara era repleta de joias violeta e ornamentos de prata. As joias foram aplicadas de tal forma que se espalhavam pela testa e pelas bochechas como uma borboleta. Como consequência, os olhos, a boca e o queixo eram visíveis. Os lábios estavam pintados de roxo, assim como as unhas longas dos dedos ossudos. Reparei que havia seis dedos em cada mão.

Tirei minha máscara e Cestia fez o mesmo. Senti os olhos do cromo me observarem. Eu estava prestes a pedir que ele ou ela também retirasse a máscara, mas o cromo Violeta falou primeiro.

— Uma máscara atrás de outra máscara... interessante. Enfim nos encontramos, Asheva, ou devo chamá-lo de Arlequim Vermelho?

A inflexão da voz do cromo Violeta era de uma natureza peculiar. Começou num timbre baixo, parecendo a voz de um cromo homem, e depois terminou em um tom alto, sonoramente parecido com a voz de uma cromo mulher. A pessoa à minha frente soou entretida e irritada ao mesmo tempo.

Sem dúvida, aquele era o Magnífico Monarca, mas nunca me impressionei muito com ares pomposos. O tom culto e entediado me lembrava alguns dos nobres Vermelhos que eu encontrara. Apesar disso, tentei ser o mais cortês possível, pois havia muita coisa em jogo para agir de outra forma.

— Você me conhece, Vossa Alteza?

— Sim, e sua companheira, a Princesa Cestia, e o Reino Vermelho... e também sei como você venceu nas Cidades Gêmeas — disse o Monarca. — Temos seguido suas façanhas em todos os detalhes, com uma certa... curiosidade... desde que você fugiu de Samaris.

Admito que fiquei intrigado. Ali estava um líder de um dos territórios que não apenas me conhecia, mas seguira todos os meus passos.

— Não sabia que os pormenores das minhas atividades teriam tal interesse para os Cromos Violeta.

— Ah, nós acompanhamos tudo que é peculiar nos territórios. Nossos comerciantes que perambulam por essas outras terras tristes retêm tudo o que vale a pena ouvir e ver e nos transmitem.

Então foi assim que souberam da nossa chegada quando fugimos de Samaris! Seus cromos itinerantes e suas casas sobre rodas funcionavam como antenas nos outros territórios, detectando tudo o que acontecia fora de sua nação e transmitindo ao seu líder. Mas se este era o caso...

— Se este é o caso, por que você nos impediu de entrar em seu território quando fugimos do Reino Vermelho pela primeira vez? — perguntei.

— Na época, vocês eram portadores do medo e da destruição. Tal tipo de negatividade não é algo que queremos em nosso reino, porque nossos espíritos mais elevados são guiados pela luz. E por falar em espíritos, sei também que você encontrou refúgio para sua alma com Failan, a Sacerdotisa Verde. Ela era exatamente aquilo de que você precisava.

Não podia acreditar no que estava ouvindo. O Monarca Violeta sabia tudo a meu respeito! Era como se tivesse estado lá o tempo todo, bem ao meu lado!

— Então você deve saber porque estamos aqui — disse. — Presumo que me permitiu entrar em seu território, desta vez, porque criei um exército que apoiou minha causa.

O Monarca assentiu com a cabeça.

— É claro. Você estabeleceu uma nobre tarefa para si mesmo, arlequim. Unir os territórios e frustrar o domínio dos Cromos Pretos. Contudo... suspeito que parte de sua missão tenha a ver com a busca de vingança pessoal contra sua própria nação, estou certo?

— Não me considero mais um cromo Preto — respondi, sentindo-me inquieto.

Será que ele poderia estar certo? Eu me esforçara tanto para lidar com minha raiva que pensei que já a tivesse superado.

— Ah, sim... você é um cromo Preto. Nunca deixou de ser um. Olhe para você. Onde quer que tenha estado, você trouxe guerra e destruição: Samaris, Crodya, Doryca... e agora quer trazer tal destruição para Papylia...

— Eu não trouxe guerra! — protestei e ergui a voz de forma inconsciente, mordendo facilmente a isca. — Os Cromos Pretos trouxeram guerra!

— Talvez — respondeu o Monarca, sereno. — Mas é peculiar, no entanto, que aonde quer que você vá, a guerra o acompanha.

— Não é verdade. Nada aconteceu enquanto estive em Everdia! — retruquei.

— Mas algo aconteceu *depois* que você deixou Everdia. Ou não sabia disso?

Eu fraquejei:

— O que… houve?

Uma das cromos Violeta falou pela primeira vez:

— Os Cromos Pretos também foram até lá, arlequim.

Pensei naquelas palavras e deduzi seus desdobramentos.

— Então os Cromos Verdes foram…

— Derrotados — disse o líder Violeta.

De repente, senti como se o chão não fosse mais sólido. Fiquei arrasado e chocado por uma promessa que agora parecia apenas um sonho distante, um sonho impossível: a unificação dos territórios. E tantos outros tinham pagado o preço por isso! Eu imaginava Chtomio me encarando de onde quer que estivesse, mostrando-se decepcionado.

— Se o que você diz é verdade, então temo trazer o mesmo a Papylia.

Minhas palavras foram na verdade mais uma pergunta cuja resposta eu não queria saber.

— Talvez você já tenha feito isso.

— O que quer dizer? — perguntei. — Os Cromos Pretos já estão marchando a caminho daqui?

Logo pensei no exército Laranja e Amarelo, aguardando pelo nosso retorno em campo aberto.

O Magnífico não me respondeu. Em vez disso, fez uma pergunta.

— Diga: por que eu deveria juntar minha nação à guerra tão lastimável?

Cestia falou antes que eu pudesse responder:

— Vossa Alteza, esta guerra não é algo que você escolhe participar. Tenho certeza de que sabe muito bem que, mais cedo ou mais tarde, ela chegará a Papylia, quer você goste ou não.

— Da mesma forma como chegou a Samaris, você quer dizer — disse ele, de forma sarcástica.

— Espero sinceramente que não — replicou ela. — Espero que você jamais viva para ver sua própria nação destruída.

Isso pareceu ter lhe tocado o coração, pois ele assentiu com a cabeça, pensativo. Então, ergueu o braço direito e, com um gesto, indicou que deveríamos partir.

— Preciso ficar sozinho e refletir. Vamos adiar esta conversa. Agora, vão. Vocês serão nossos convidados.

Eu não queria sair e estava prestes a dizer isso, mas Cestia puxou meu braço e me tirou do átrio.

— Respeite os desejos do Monarca — sussurrou ela, enquanto as cromos Violeta nos conduziam para longe da presença régia do Magnífico.

Seguimos uma das cromos Violeta por uma vasta escadaria em espiral no centro da torre. Ainda estava surpreso pela maneira automática como Cestia acatou as ordens do Magnífico Monarca.

— Esta não é uma visita de cortesia! — murmurei. — Não podemos ficar aqui e fingir que está tudo bem. Os Cromos Pretos estão chegando e nosso exército está exposto!

— Sua impaciência não servirá de nada para trazer o Magnífico para nosso lado — frisou ela. — Pelo contrário, ela pode arruinar tudo. Meu pai costumava dizer que as palavras precisam ser decantadas como o vinho antes de tocarem o ponto certo no coração de um cromo. Como o vinho, elas precisam respirar, e isso leva tempo.

— Bem, já vimos para onde os ensinamentos de seu pai o levaram! — retruquei.

Ela parou imediatamente, e eu percebi o quão impertinente tinha sido.

— Qual é o seu problema? Você geralmente é mais esperto do que isso.

— Sinto muito, Cestia. Eu não quis dizer isso.

— Sim, você quis! — disse ela.

Eu mesmo assenti com a cabeça e pensei um pouco.

— É que em todos os lugares que vamos os Cromos Pretos nos seguem. Eles avançam depressa, e os inocentes pagam o preço. Agora até os Cromos Verdes! Eles eram meus amigos! Eles me ajudaram! E onde eu estou enquanto tudo isso acontece? Aqui, tentando compreender alguns rituais obscuros da corte! Não consigo suportar isso.

— Você se lembra do que me disse em Samaris? O mesmo que lhe digo agora. O que mais você poderia ter feito? Não pode mudar o que os Cromos Pretos fizeram. Você também não é responsável pelo mal que eles fazem. Tudo o que você pode fazer é se esforçar bastante para ser mais esperto do que eles e tentar conseguir um resultado melhor. E deixe em paz aqueles que estão mortos.

As cromos Violeta, no meio tempo, nos levaram a dois cômodos adjacentes um ao outro. Cestia retirou-se para seu aposento antes que eu pudesse responder.

Entrei em meu quarto, sentindo-me miserável. Teriam os Cromos Verdes sido aniquilados como os Cromos Vermelhos? Ou será que eles conseguiram escapar dos Cromos Pretos graças à Moxia, seu jeito de camuflar-se com a natureza? Olhei para fora da janela, sentindo-me impotente. Pássaros e borboletas passaram voando. Por um instante, desejei ter asas e voar para longe, bem acima das nuvens, na direção de Everdia, para ver se Failan e sua nação sobreviveram. Em vez disso, eu estava no território Violeta, esperando um estranho cromo refletir se deveria ou não se aliar a nós. Aquele não era o meu lugar. Eu precisava ir para Everdia e ver o que tinha acontecido.

Tentei entrar no quarto de Cestia, mas ela tinha se trancado. Bati nas paredes e chamei seu nome, mas em vão. Ela não quis abrir a porta, provavelmente ainda ofendida por minhas palavras. A pior parte de minha atitude em relação ao Magnífico era que ela estava certa. Também falei sério quando pensei em Chtomio. Ele tinha sido um grande amigo e mentor, mas, no fim das contas, como muitos outros, não praticava o que pregava. E dado que ele era o rei dos Cromos Vermelhos, eu não podia perdoá-lo por não ter se esforçado mais para deter as profundas injustiças que atormentavam seu reino, especialmente pela forma como postergara a luta contra a pobreza que assolava a casta mais baixa e por não se libertar, mais cedo, dos maus conselhos de seus nobres.

Sempre houve tantas desculpas esfarrapadas usadas para esconder a incompetência dos governantes, mas tinha certeza de que eu seria diferente. Imaginei-me governando os territórios de uma maneira justa, de uma maneira *forte*. Forte... como a fragrância daquele quarto... e como eu.

Aquele cheiro... de repente me dei conta de que um perfume muito agradável se espalhava pelos meus aposentos e respirei fundo. Era um odor cítrico e de especiarias misturadas. Pensei que estaria cansado, mas a fragrância intoxicante infundiu em meu corpo uma nova energia; e com ela, veio uma nova onda de fúria.

Andei pela sala agitado, como uma besta enjaulada. Eu não mostraria nenhuma fraqueza! Pelo contrário, derrotaria meus inimigos e os humilharia. Eu não seria como Chtomio. Mostraria a todos eles quem era o guerreiro Preto mais forte dos territórios! Eu mataria todos eles!

— Vou matar todos eles! — falei sozinho.

— Asheva?

As portas do meu quarto abriram-se, e Cestia entrou. Ela tirou sua máscara e pude ver lágrimas formando-se em seus olhos.

— Cestia! — disse, surpreso. — Eu...

Ela correu em minha direção e, com os braços, envolveu-me pelo pescoço. Eu a abracei e beijei seus cabelos pretos e brilhantes. De repente, senti-me novamente esgotado, esvaziado da estranha e insolente raiva que se apoderou de mim. Cestia abriu uma janela. Um vento do mar soprou para dentro do quarto, limpo e fresco. O perfume estonteante diminuiu aos poucos. A única coisa que eu podia sentir naquele instante era o cheiro puro dos cabelos de Cestia.

— Ouvi você gritar — disse ela com delicadeza. — Pensei que tinha acontecido algo.

— Não sei o que foi. Talvez a notícia sobre os Cromos Verdes, talvez o Monarca Violeta, ou talvez aquele cheiro — confessei. — Uma onda de raiva e ódio dominou minha alma agora há pouco. Eu... não consigo explicar. Mas depois você entrou aqui e o que quer que tenha sido, desapareceu...

— Também me senti estranha em meu quarto — disse ela. — Este lugar... esta torre! Há algo nela que me faz sentir inquieta. Precisamos ficar juntos!

Assenti com a cabeça. Aproximei-me dela e tão logo me perdi no azul de seus olhos.

— Vamos ficar sempre juntos — prometi. — Aconteça o que acontecer, jamais deixarei você. Prometa que nunca vai me abandonar.

Ela respondeu dando-me um beijo longo e intenso. Seus lábios tocaram os meus avidamente, e parecia que aquele era nosso primeiro beijo.

— Nunca disse como você é bonito — comentou ela, removendo as tintas branca e vermelha do meu rosto com cuidado, antes de me beijar outra vez.

Senti que metade das borboletas da lagoa tinha acabado de voar para dentro do meu peito. Nada mais importava, exceto estar nos braços da minha amada princesa.

— Seu corpo é forte e seu rosto foi endurecido pela vida — sussurrou ela —, mas seus olhos... são diferentes do resto. São verdes como grama. Eles ainda são calorosos e frágeis. Eu vejo a alma bondosa que habita em você... parte criança, parte adulto. E é isso que mais amo em você.

Ela começou a se despir lentamente, e eu fiz o mesmo. A marca dos nobres ashis em seu ombro tinha a aparência de uma rosa vermelha. De repente, respondendo ao chamado de nossos corações, nossos corpos se tocaram e, após um tremor de emoção por parte de ambos, logo se tornaram um só.

◆

CAPÍTULO 33

UMA PRESENÇA SOMBRIA

Quando acordei, o sol tinha se posto. Do lado de fora da janela estava escuro como breu. Cestia repousava deitada em meu peito, mas de repente senti que algo estava errado. Toquei-a suavemente e minhas mãos sentiram algo denso e viscoso em seus ombros. Algo que eu conhecia muito bem: era sangue.

— Cestia?

Olhei para baixo e vi sangue por toda parte. Em nossa cama e em nossos corpos. Na luz fraca, pude perceber que o delicado pescoço de Cestia tinha um corte largo, pelo qual o sangue havia sido drenado de seu corpo.

— Cestia! — gritei.

Tentei em vão parar a hemorragia, pressionando minha mão sobre a ferida.

— Ela não pode mais te ouvir, Asheva.

Ouvi uma voz no escuro.

— Quem é você? — gritei.

— Sou eu, seu amigo. Andahar — rosnou ele, enquanto emergia da sombra.

— Andahar! — exclamei. — Por favor, me ajude a salvá-la. Por favor, por favor. Farei o que você quiser.

Ele deu um passo à frente e reparei que sangue fresco pingava de sua espada.

— Não há muito que possamos fazer agora, Asheva. Ela morreu. Sei disso porque cortei a garganta dela enquanto você dormia. Eu queria que você a visse antes de te matar também, assim você saberá o que acontece com os traidores da Nação Preta!

Ao proferir essas palavras, ele ergueu sua espada e preparou-se para desferir um golpe mortal.

— Não, não! — gritei.

— Asheva!

Abri meus olhos e vi Cestia me encarando, preocupada. Os últimos raios do sol brilhavam dentro do aposento, transformando-o em um santuário dourado. Não havia sombras. Melhor ainda, não havia Andahar.

— Você estava se debatendo durante o sono, então achei melhor te acordar — disse ela, beijando-me nos lábios. — O que estava sonhando?

— Que eu tinha perdido você... para sempre — respondi.

Ela colocou seus braços esbeltos em meus ombros e me olhou com seus grandes olhos azuis.

— Estarei com você agora e para sempre — disse ela intensamente.

Antes que eu pudesse beijá-la, houve uma batida em nossa porta, acompanhada pela voz masculina de um jovem cromo. Ele nos disse que estávamos sendo esperados pelo Magnífico para o jantar.

Rapidamente nos vestimos e abrimos a porta. Um anão Violeta esperava por nós.

— Me sigam, por gentileza — disse.

Ele nos guiou eficientemente por um labirinto de corredores e escadas enquanto subíamos a torre. Durante o tempo que seguimos o pequeno cromo Violeta, cochichei para Cestia meu desejo de ir para Everdia.

— E fazer o quê? — respondeu ela, num tom baixo. — É tarde demais. Você não encontraria ninguém lá. *Aqui* é onde precisamos estar. Se convencermos os Cromos Violeta, então, com um exército de três nações, seremos capazes de derrotar os Cromos Pretos de uma vez por todas.

O cromo Violeta, nesse meio tempo, parou em frente a uma grande porta que levava a um terraço aberto, sem qualquer tipo de proteção ou balaustrada. No meio, uma mesa de madeira escura e austera havia sido preparada para quatro convidados. A mesa ocupava a maior parte do terraço, deixando pouco espaço entre ela e o abismo.

O pequeno cromo gesticulou para atravessarmos a porta que dava no terraço. Olhei para ele e depois para Cestia. Hesitamos porque estávamos muito no alto da torre, e nitidamente não aprovávamos a ideia de jantar nas nuvens.

— Ah, nossos jovens amantes-guerreiros! — disse o Magnífico, deslizando por trás de nós.

Ao nos virarmos, vimos que ele vestia um manto roxo fluido com um colarinho ereto prateado. Estava acompanhado por outro cromo Violeta, não tão alto quanto ele, mas bem roliço. Suas roupas rebuscadas lhe davam a aparência de um pavão roxo gigante.

— Este é meu ajudante, Thalassino. Vamos nos sentar.

Tanto o Magnífico quanto seu ajudante dirigiram-se rapidamente à mesa. O espaço no terraço entre as cadeiras e o precipício não devia ser maior do que sessenta centímetros.

— Venha, Asheva, venha. Não tenha medo.

O Magnífico sorriu e depois acrescentou:

— Para ser um líder, você deve estar sempre perto dos perigos da vida. Deve provocar e seduzir o risco como se fosse seu único amante — disse ele, com os olhos voltados para Thalassino.

O ajudante do Monarca colocou a mão perto da boca de sua máscara e deu uma risada sutil.

— É por isso que eu janto neste terraço, todas as noites — continuou ele. — Para não me esquecer dos perigos da liderança.

Eu e Cestia nos aproximamos cuidadosamente dos dois cromos Violeta. O vento soprava, tornando as coisas mais difíceis para nós. Agarramo-nos de forma instintiva à mesa, antes de enfim nos sentarmos.

Olhei para baixo em busca de fios de seda ou redes de segurança, mas tudo o que pude ver eram as águas escuras da lagoa inacreditavelmente longe, refletindo a lua pálida que estava alta no céu. Como se estivesse lendo minha mente, o Monarca falou:

— Aqui não há rede de segurança, meu querido arlequim.

Então, o anão que nos acompanhou ao local do jantar reapareceu silenciosamente com uma bandeja de frutas secas. Ele parecia estar à vontade, caminhando num perímetro tão pequeno e perigoso.

— Thalassino — disse o Magnífico, ao tirar um figo da bandeja —, nossos dois jovens amantes gostariam que entregássemos nossa nação para o bem maior dos territórios. Eles gostariam que nos uníssemos a eles e às outras nações em sua luta contra a Nação Preta. O que pensa sobre isso?

Thalassino ponderou sua resposta. De repente, ele se levantou e, pegando-nos de surpresa, tirou Cestia de sua cadeira e a empurrou pela borda do terraço, segurando-a por um braço. Ela gritou e lutou até que ele ameaçou deixá-la cair se não ficasse quieta.

Antes que eu pudesse reagir, o anão, que havia ficado ali o tempo todo, sacou uma faca e a pressionou contra minha barriga. O Magnífico me observou enquanto eu estudava o terraço, procurando uma vantagem. Com o olhar, localizei uma faca de carnes apoiada sobre a mesa, mas ele a retirou calmamente de meu alcance, bem como as outras coisas que eu poderia usar: um copo de vinho, utensílios de jantar e as cadeiras.

— Um movimento, e sua princesa voará com os morcegos.

Eu não podia acreditar em como ele estava calmo e frio. O Magnífico sorriu quando viu em meus olhos o quão alegremente eu rasgaria seu pescoço com minhas próprias mãos se pudesse. Pensar na segurança de Cestia foi a única coisa que me manteve são e quieto no meu lugar. Eles a teriam deixado mergulhar para a morte se tivessem a intenção de fazer isso. Eu me agarrei desesperadamente a esse fato.

— Não me solte! — gritou Cestia.

— Vou te matar — sibilei para o Monarca Violeta.

— Fique calminho aí — disse o anão.

Senti a lâmina de sua faca deslizar pela minha roupa. O monarca parecia muito à vontade e não se moveu de sua cadeira.

— Agora ouça com atenção o que tenho a lhe dizer, meu jovem amigo. Um bom líder não é necessariamente um bom cromo. Um bom líder é alguém que coloca o bem maior à frente de seus interesses pessoais e de seus sentimentos. Minhas dúvidas a seu respeito são estas: você é capaz de vencer a guerra contra os Cromos Pretos? De não ter seus sentimentos interferindo no comando e na liderança de um exército?

Olhei para ele, cheio de ódio.

— Você é capaz, mesmo neste exato momento, de pensar com lucidez? De controlar sua fúria?

Não respondi. Meus olhos estavam fixos na mão de Thalassino que segurava o braço de Cestia. O Monarca Violeta continuou imperturbável:

— E se eu dissesse que os Cromos Violeta o apoiariam com uma condição: que você deixasse Cestia cair desta mesma torre. O que você diria?

— Diria que, embora os deuses tenham tomado sua sanidade, serei eu a tomar sua vida.

— Sério? Agora, entre nós dois, quem está agindo de forma tola?

— Não dê ouvidos a ele, Asheva! Ele está tentando enganar você!

— O tempo está se esgotando, meu amigo colorido — afirmou o Monarca Violeta. — O que vai ser? A unificação dos territórios? Ou a vida do seu amor?

E então aconteceu. Ouvi "Enfrente a guerra, Asheva!" antes de ver Cestia livrando-se da mão de Thalassino. Em poucos segundos, ela desapareceu no abismo debaixo de nós. Os cromos Violeta também foram pegos de surpresa.

— Não, não! — gritei.

A raiva me envolveu. Afastei o anão e pulei sobre a mesa, avançando em cima do Monarca. Nós dois perdemos o equilíbrio e caímos no vazio. Senti uma satisfação sombria, sabendo que ele iria morrer comigo.

A sensação de cair foi como mergulhar no mar, naquele breve momento em que se está suspenso no ar, pouco antes de cair na água. Só que durou mais tempo. Pensei ver o vestido vermelho de Cestia abaixo de nós. Ou era a morte disfarçada?

Nossa queda terminou repentinamente. Aterrissamos em algo suave e forte ao mesmo tempo. Era a rede! Não... outra rede... esta era tecida com muitos fios transparentes. E Cestia também estava lá! Ela estava viva!

— Cestia! — exclamei.

Arrastei-me pela rede, tentando alcançá-la.

— Asheva!

Nós nos abraçamos. Eu a olhei nos olhos e, depois, a beijei freneticamente.

— Estou bem — murmurou ela com entusiasmo ao meu ouvido. — Estou bem.

Ela retribuiu meus beijos.

— Esta rede transparente envolve a torre inteira. — disse o Monarca, atrás de nós. — Nunca tivemos a intenção de machucar você ou Cestia, mas precisávamos avaliar sua força interior. Lamento dizer que fracassou no meu pequeno teste. Você colocou a segurança de uma pessoa acima do quadro geral. Estou profundamente preocupado em colocar a vida dos meus súditos aos seus cuidados. E se você os sacrificasse no lugar de seus próprios cromos? Especialmente... ela.

Uma porta se abriu, e Thalassino apareceu. Ele estendeu a mão para nos ajudar a entrar na torre mais uma vez. Fiquei surpreso quando ele contradisse seu governante:

— Devo ressaltar, Magnífico, que a Princesa tentou se sacrificar por ele. Isso indica, além de seu amor, sua devoção ao Arlequim Vermelho como líder.

— Um ponto interessante — afirmou o Magnífico, de forma fria.

— Um teste? Isso foi um *teste*? — falei sarcasticamente. — Deixe-me falar sobre seu teste — continuei, sentindo minha raiva aumentar. — Ele é falho. A guerra não pode ser reduzida a um pequeno exercício mental entre você e seu ajudante. Seu teste não demonstrou, por exemplo, que eu estaria disposto a me sacrificar antes de qualquer outra pessoa. E seu teste não explica como, graças a mim, três nações uniram forças contra os Cromos Pretos. Mais do que a minha reprovação, este teste fez com que *eu ficasse decepcionado com você*. É esse tipo de orgulho desnecessário e cegueira que fizeram com que os territórios se tornassem o que são hoje: fragmentos de miséria em vez de um baluarte de força e união. Sinceramente desejo a vocês toda a sorte possível para quando os Cromos Pretos baterem à sua porta, pois eles virão.

Coloquei meu braço ao redor de Cestia, e nos viramos para ir embora, prontos para deixar o Monarca, sua torre e seus costumes deturpados.

— Agradeceríamos sua hospitalidade — acrescentou Cestia —, mas, na verdade, também não houve nenhuma.

Olhei novamente para Cestia e estremeci. Não foi por medo da morte, percebi, mas por medo de perdê-la.

— Nunca mais faça algo tão insano novamente! — cochichei para ela.

Cestia parecia estranhamente calma.

— Você se lembra, Asheva, como eu havia dito a você que não queria morrer? Bem, se for acontecer, descobri que estou pronta agora. Eu não tenho medo da morte.

— Não diga essas palavras, por favor, eu imploro — supliquei-lhe. Toquei seu rosto com as duas mãos e acariciei gentilmente suas delicadas bochechas. Ela sorriu.

— É como você disse em Samaris. Nós nos conhecemos e nos amamos. Os deuses nos deram esta união e ninguém pode tirá-la de nós, nem mesmo a morte.

— Eu era destemido antes de te conhecer, pois a vida não tinha sentido para mim — confessei. — Mas agora… agora, não quero que nada aconteça com você. Havia alguma verdade a ser encontrada no teste do Magnífico, afinal.

— Esperem.

O Magnífico Monarca ergueu a mão.

— O que você disse… me impressionou. Você tem uma mente ágil, mas não tem medo de admitir e discutir suas fraquezas. Um líder precisa dessas qualidades. Ele também precisa entender quando outro líder está lhe estendendo a mão. Vamos todos para dentro e retomar nossa conversa. Desta vez, não haverá testes.

Olhei para Cestia. Ela assentiu com a cabeça em aprovação, com um meio sorriso. Então, voltei-me para o Monarca e sorri. Eu não sabia na época, mas aquele dia marcaria o início de uma forte e leal amizade entre mim e Danayd.

◆

CAPÍTULO 34

O EXÉRCITO MULTICROMÁTICO

Quando voltamos para a terra firme, encontramos Daerec e Shaina aninhados ao lado da casa móvel de Ezychy, esperando pacientemente por nós. A julgar por seus sorrisos, suspeitei que eles tivessem aproveitado de algumas atividades mais agradáveis para mantê-los ocupados durante todo aquele tempo.

— Pela cara de vocês, parece que não foram capazes de convencer os Cromos Violeta, não é? — disse Daerec enquanto mastigava o caule de uma planta de lavanda. — De todo modo, quem precisa de um monte de perfumados? Podemos nos virar sem eles.

Respondi com entusiasmo:

— Sua vida como janis tornou você um pessimista. — Apontei para Papylia. — Dê uma olhada…

A intrincada cúpula da rede de fios de seda branca tornou-se uma colmeia ativa. Milhares de cromos escalaram-na, transformando-se em uma massa vibrante e violeta. Eu e Cestia falamos brevemente com nossos amigos sobre o encontro com o Magnífico Monarca, não deixando nada de fora, inclusive seu pequeno teste aterrorizante.

Contudo, sendo fiel à sua palavra, o Monarca havia chamado seus súditos à ação e os Cromos Violeta estavam de fato unindo-se à nossa causa. A formação em que se organizaram os cidadãos de Papylia dava aos olhos a ilusão de que estávamos diante de um gigantesco punho no céu.

Seguimos para nos juntar novamente às Cromos Laranja, aos Cromos Amarelos e aos janis Vermelhos. Apresentei Danayd, o Monarca Violeta, ao Irmão Ddeko e à Irmã Sitria. Naquela noite, senti como se um novo capítulo estivesse sendo escrito nas Leis Coletivas: um capítulo que já deveria ter sido escrito há muito tempo. Os representantes de quatro nações se reuniram ao redor de uma fogueira, discutindo o futuro dos territórios, enquanto seus súditos se conheciam e se divertiam. Um sentimento de esperança e de alegria, doce como qualquer perfume, infundiu o ar.

— Uma vez encerrada a guerra, deveríamos ter mesas redondas como esta a cada solstício — disse Ddeko.

Todos assentiram com a cabeça, de acordo.

— Mas a guerra ainda não terminou — lembrou Cestia. — Eu te respeito muito, Ddeko, mas você fala como se ela já tivesse sido ganha. Ainda nem sequer foi enfrentada.

Ddeko atirou outro pequeno tronco na fogueira e depois falou novamente:

— Eu não teria tanta certeza sobre isso, jovem princesa... Já devemos superar em número os Cromos Pretos. Espero que eles se rendam sem lutar.

— Nunca — contestei. — Os Cromos Pretos não pensam dessa forma. Eles vão lutar, e muito.

Foi então a vez de Danayd falar:

— Sabemos que, depois de Everdia, os Cromos Pretos foram para Ayas e se encontraram com os Cromos Azuis. Alguns cromos Violeta viram seu exército deixar Ayas e marchar de volta em direção ao território Preto.

— Eles também destruíram Ayas? — perguntou Cestia.

— Não que nós saibamos. Não houve conflito — respondeu o Monarca Violeta.

— Bom, pelo menos uma coisa é certa — comentou Sitria. — Os Cromos Azuis são aliados dos Cromos Pretos. Por que outro motivo os Cromos Pretos não lutariam contra eles como fizeram com os outros?

Shaina assentiu com a cabeça e disse:

— Minha Irmã mais velha está certa. Devemos nos dirigir diretamente para Axyum e atacar os Cromos Pretos. Desta forma, os Cromos Azuis não poderão ajudá-los.

— E quando os Cromos Pretos forem derrotados, os Cromos Azuis muito provavelmente se renderão sem levantar uma única arma para lutar. É o jeito deles — acrescentou Sitria.

— E se formos capazes de convencer os Cromos Azuis a mudar de lado? — perguntei a todos eles. — Dessa forma, fortaleceríamos ainda mais nosso exército e enviaríamos aos Cromos Pretos a mensagem de que todos os outros territórios estão contra eles. Assim, talvez resolvessem negociar e ninguém teria que lutar.

Todos ponderaram minhas palavras, até que Ddeko falou o que pensava:

— Suponha que façamos como você diz, indo a Ayas primeiro. E se eles nos atacarem? E então? Arriscaríamos iniciar um conflito com os Cromos Azuis e perder de vista nosso verdadeiro objetivo, que é derrotar os Cromos Pretos. E supondo que venceremos os Cromos Azuis, ainda teríamos que deixar muitos cromos para trás para vigiá-los e garantir que eles não vazassem informações para os Cromos Pretos. Acabaríamos enfrentando a Nação Preta em desvantagem.

— Com certeza! — concordou Shaina.

Olhei para seus rostos cheios de expectativa, brilhando suavemente na luz do fogo, para avaliar como todos se sentiam. Como as negociações eram agora muito mais fáceis entre cromos de cores diferentes! Era evidente que Ddeko convencera a todos a não confiar nos Cromos Azuis com suas sábias palavras.

No entanto, só porque a maioria concordou, isso não significava que aquela era a decisão correta.

— Ainda acho que devemos dar uma chance aos Cromos Azuis — disse a todos. — Isso não é mais apenas uma guerra, é um novo começo. E, com um novo começo, vêm novos caminhos. Ddeko, você disse, com razão, que a partir de agora os líderes devem se reunir a cada solstício. Eu digo que devemos dar aos líderes Azuis pelo menos uma chance de traçar conosco este novo começo. E estou pronto para ir a Ayas sozinho para...

— É muito arriscado! — interrompeu Cestia bruscamente. — Os Cromos Azuis não são como os Violeta! Não espere que estará seguro lá.

— Ela está certa — disse Shaina. — Eles poderiam prendê-lo ou... usá-lo como um troféu, para mostrar aos Cromos Pretos como podem ser úteis.

Tentei não me imaginar à mercê dos Cromos Pretos. Retruquei:

— Isso poderia acontecer se eles soubessem quem eu realmente sou, mas e se eu fosse lá como emissário dos... Cromos Violeta?

— Nesse caso, eu enviaria um legítimo cromo Violeta! — trovejou Danayd, ofendido.

— Precisamos realmente de alguém que já tenha estado lá antes e que possa persuadir os Barões a se aliarem a nós — refutei.

— Ainda acho arriscado — comentou Ddeko.

Olhei para ele e disse:

— Pelo contrário, temos muito a ganhar e pouco a arriscar. Se os Cromos Azuis nos dessem seu apoio, poderíamos nos beneficiar muito das ricas reservas de alimentos e metais de Ayas, sem mencionar o bônus que será a inclusão de seu poderoso exército.

Daerec interveio então:

— Talvez tenha sido isso que os Cromos Pretos fizeram quando foram até lá. Talvez eles tenham poupado os Cromos Azuis e levado seu trigo e suas armas.

Cestia olhou para ele e disse com seriedade:

— Eles não poupam ninguém. Poderiam ter levado o que precisavam e matado os Cromos Azuis da mesma forma, se assim desejassem.

— A menos que... a menos que tenham ficado fracos por nossa vitória! — exclamou Ddeko. — Talvez eles também temam que um conflito com os Cromos Azuis os enfraqueça nesse momento. Eles estão em desvantagem numérica, precisam de um aliado!

— Talvez — concordei. — Mais um motivo para visitar os Cromos Azuis e descobrir.

Senti que os outros estavam começando a simpatizar com minha linha de raciocínio.

— Mas e se eles nos atacarem? — ponderou Sitria.

— Isso não faria sentido do ponto de vista deles — respondi. — Não são guerreiros por natureza. Eles preferem uma boa negociação e aquisição. Não... Se fizessem alguma coisa, a estratégia seria proteger o que eles têm. Mas só fariam isso caso se sentissem ameaçados por nós. Acho que iriam querer ouvir o que temos a dizer, para avaliarem suas opções. Aposto que ter quatro nações para negociar e vender após a guerra é um bom negócio para oferecer a eles.

Ddeko levantou-se e disse:

— Eu reconsiderei. Acredito agora que Asheva está certo. O fato de que os Cromos Pretos deixaram os Cromos Azuis em paz indica que sua posição foi enfraquecida. Devemos descobrir se os Barões Azuis querem se juntar a nós em nossa luta ou, pelo menos, permanecer neutros.

Todos assentiram com a cabeça.

— Para Ayas! — gritou Daerec.

Sua declaração foi ecoada por Ddeko, e depois pelas Irmãs Laranja. Até mesmo Danayd parecia convencido, embora estivesse mais hesitante. A única que não falou foi Cestia.

— Não confio naqueles comerciantes — disse ela. — Mas pelo menos agora você não irá sozinho.

Na manhã seguinte, quando nossas forças combinadas foram reunidas, nós, os líderes, os saudamos, cheios de orgulho e admiração, conscientes de que estávamos testemunhando algo que nunca tinha sido visto nos territórios: um exército multicromático de dezenas de milhares de soldados, alinhados à nossa frente.

Os idosos e as crianças que trouxemos das Cidades Gêmeas e de Samaris saudaram nossa armada multicolorida enquanto ela começava a caminhar lentamente na direção de Ayas. Sentimos a terra tremer sob nossos pés. Acima de nós, no alto do céu, os falcões dos Cromos Amarelos espelhavam nosso trajeto. De ambos os lados da grande coluna, as casas sobre rodas dos Cromos Violeta mantiveram o ritmo. As Cromos Laranja batiam suas lanças contra seus escudos de cobre, marcando o tempo de nossa marcha. Até mesmo os humildes janis Vermelhos haviam sido transformados em guerreiros ferozes. Os Cromos Violeta fizeram novos uniformes para eles: túnicas escarlates flamejantes bordadas com símbolos como conchas e peixes-dourados. Eles pareciam tão nobres quanto os ashis. Embora seus peixes brilhassem ao sol, era o orgulho interior deles que mais brilhava.

— Os Cromos Violeta podem vesti-los para a guerra, mas aqueles janis não são guerreiros — comentou Cestia.

— Seu jeito esnobe está se revelando, Princesa — falei, rindo. — Nem os Cromos Amarelos tampouco as Cromos Laranja, está lembrada? No entanto, eles derrotaram os Cromos Pretos nas Cidades Gêmeas.

Ela olhou para mim com um olhar entristecido.

— Não é isso... Aqueles cromos Vermelhos são os últimos do meu reino... se eles morrerem, não haverá ninguém para se lembrar de nós.

— Eles não vão morrer — tranquilizei-a. — Olhe para eles. São sobreviventes. Assim como Daerec e os outros janis Vermelhos com quem deixei Samaris. Eles se tornaram arlequins, os cromos mais fortes de todos.

Em seguida, recorri a Xai, um dos jovens marcromos que eu convocara para meu bando de arlequins durante a queda de Samaris.

— Xai, você vai morrer em batalha? — perguntei.

Ele, que estava afiando sua espada, saltou e disse, orgulhoso:

— Nem pensar!

Nós nos cumprimentamos e voltei-me para Cestia.

— Viu? A morte não deseja criaturas como Xai. Elas trariam muita destruição ao submundo!

Xai assentiu com a cabeça e riu.

Ouvi um tumulto, vindo da direção das tropas Amarelas. Era Ddeko. Ele estava envolvido numa discussão acalorada com Danayd. Avancei com meu cavalo em direção a eles.

— O que houve? — perguntei.

— Asheva, diga a seu amigo Violeta que estamos em guerra, não numa feira! Esses cromos e suas casas barulhentas sobre rodas, ora! Eles não têm arma alguma!

— Nossas casas sobre rodas são parte de nós — disse Danayd. — Toda vez que deixamos Papylia, nós nos mudamos com elas.

— Elas vão nos atrasar! — esbravejou Ddeko.

— Elas podem atrasar você agora, mas podem te salvar mais tarde! — refutou ele.

— Sério? E como seria isso? E com quais armas? Você não tem espadas, não tem arcos... nada! Qual a serventia de vocês?

Ah, não! Eu não queria ver a camaradagem que tínhamos formado antes de começarmos nossa marcha ruir, especialmente por conta de algo tão trivial.

— Confio em Danayd, Ddeko — afirmei. — Você também deveria. Já vi o que os Cromos Violeta podem fazer com... outros tipos de armas.

— O que eles fazem? — menosprezou Ddeko — Jogam suas fantasias de seda nos Cromos Pretos?

— Algo do gênero — respondeu o Monarca Violeta, aparentemente entretido.

— Mas que bobagem!

E então, Ddeko nos deixou de lado para se juntar às tropas Amarelas. Pedi desculpas a Danayd pelo comportamento do líder Amarelo.

— Estamos todos cansados e os Cromos Amarelos e as Cromos Laranja passaram por uma tremenda tensão desde a batalha em Crodya — justifiquei.

O Monarca não estava nem um pouco alterado. Disse, inclusive, que estava ansioso para mudar a mente daquele tolo grisalho em batalha. Só me restou torcer para que ele estivesse se referindo a uma demonstração de habilidades durante a luta contra os Cromos Pretos, ao lado de Ddeko, e não a atacar os Cromos Amarelos. Dado o comportamento enigmático do Magnífico, era difícil adivinhar.

Enquanto isso, Sitria aproximou-se de nós, montando seu cavalo.

— Espero que nossas crianças estejam seguras aqui — disse ela, acenando em despedida a vários jovens cromos Vermelhos, Laranja e Amarelos.

Tínhamos optado por manter todos os idosos e crianças longe de Ayas até que as coisas por lá fossem resolvidas. Também decidimos deixar metade dos Cromos Violeta para trás, como uma reserva.

— Os Cromos Violeta são acolhedores — disse a ela, lembrando como Jhute e Zimdie haviam me recebido. — Eles cuidarão bem dos visitantes.

Ela olhou para mim, com seus olhos cheios de novas preocupações.

— Espero ver todo mundo novamente.

O que eu podia dizer? Limitei-me a concordar, pois ninguém era capaz de prever o futuro.

Ainda assim, apesar da atitude temperamental de Ddeko, que ele usava para encobrir seu próprio nervosismo, e as preocupações maternais de Sitria, havia um sentimento geral de vitória que se elevava entre as tropas. Eu via o alto-astral predominante como um bom presságio. Eu também deveria me sentir confiante, afinal, tínhamos derrotado os Cromos Pretos na batalha de Crodya e seu exército provavelmente havia sido reduzido à metade do que fora. Havia menos deles, e havia mais de nós. E ainda assim... uma sensação estranha e desconfortável zumbia em meu ouvido, como uma vespa preparando-se para picar.

Meu pai me disse uma vez que nada era mais perigoso do que animais feridos: "Não se deixe enganar por eles, Asheva, quanto mais perto estiverem da morte, mais fortemente se agarram à vida."

Os Cromos Pretos, para mim, eram como esses animais. As atrocidades vingativas que haviam cometido no abismo contra os Cromos Vermelhos provaram isso. Não havia como dizer o que fariam a seguir. O que eles tinham feito com os Cromos Verdes de Everdia e quais eram seus verdadeiros planos para os Cromos Azuis em Ayas?

Em particular, eu continuava refletindo sobre o tamanho do Exército Preto. Recordei o tempo em que meu pai partiu de Axyum para sua batalha final e o número de legiões que passaram pelos Portões do Leste. Aquelas legiões foram derrotadas pelos Cromos Vermelhos, mas o novo Grande Ancião fora obviamente rápido e inteligente em sua tentativa de armar um novo exército, um que era muito mais eficiente, implacável e astuto do que qualquer um dos Exércitos Pretos anteriores. Era também um exército desonrado, pois seus soldados agora matavam crianças inocentes, enfermos e idosos. Como meu velho amigo Andahar poderia ter sido persuadido a fazer parte de uma fraternidade tão sanguinária?

"Quando chegar a nossa hora de ir para a batalha, eu quero você ao meu lado", disse ele, quando estudávamos juntos em Axyum. Será que o amigo generoso e engraçado que um dia conheci se tornou um assassino impiedoso? Tínhamos lutado um contra o outro em Crodya, e só os deuses sabiam se nos encontraríamos de novo. Minha esperança era de que não precisássemos nos enfrentar, mas a ideia de ele matar inocentes me fez rezar para que o confronto acontecesse. Era óbvio que eu queria que ele pagasse por seus erros, mas no fundo eu ainda estava zangado e magoado por termos nos separado... No passado, eu daria minha vida por Andahar se precisasse, mas ele não sentia o mesmo por mim. Para os Cromos Pretos, isso era sinal de fraqueza.

— Asheva! — gritou Daerec.

Parecia que ele tinha visto um espírito do submundo.

— Algo errado? — perguntei.

— Os Cromos Violeta! — exclamou ele. — Alguns deles retiraram suas máscaras e, bem... seus rostos são assustadores.

O fato de que eles começaram a seguir o exemplo das outras nações por livre e espontânea vontade foi inesperado. Olhei para Danayd, não muito atrás de mim. Ele ainda estava usando sua máscara, e eu me perguntava como ele era embaixo dela. Ele nunca a removia, mesmo à noite.

— Ótimo! — falei, voltando ao meu amigo marcromo. — Isso nos ajudará a assustar nossos inimigos.

— Desde que não assustem *nossos* soldados — respondeu.

Então ele se aproximou e disse num tom mais sério:

— Posso perguntar uma coisa?

— Claro.

— Quando isso terminar, você acha que as coisas vão mudar? Quero dizer, tudo vai mudar de verdade?

— Não sei se entendi direito.

— Bem... todo mundo está agindo de maneira diferente, mas e se isso for apenas por enquanto? Digo, porque estamos todos muito animados. E se, depois, todas as cores voltarem aos seus velhos hábitos?

— É difícil voltar a ser um escravo quando se provou o sal da liberdade.

Ele assentiu com a cabeça, mas não parecia muito convencido.

— Mas suponha que as Cromos Laranja voltem aos seus costumes... impedindo que os cromos homens entrem em sua cidade...

— Ah! — falei sorrindo. — Então é disso que se trata. Shaina!

— Xiu! Não diga o nome dela! — Ele olhou de relance ao redor furtivamente. — Ela pode ouvir.

— A julgar pela maneira como ela olha para você, não acho que terá que se preocupar — assegurei.

Daerec tirou uma pequena joia vermelha de um de seus bolsos.

— Encontrei este rubi quando voltamos para Samaris. Tenho desejado dar isso a ela de presente... — gaguejou ele, e eu sorri enquanto seu rosto ficava tão vermelho quanto a joia.

— Entendi — falei, tranquilizando-o. — Por que não entrega logo isso a ela?

— Eu quero, mas só depois que a guerra acabar. Quero morar com ela em Crodya!

— Por que você não diz isso a *ela* em vez de dizer para mim?

— Eu vou — respondeu ele —, mas depois da guerra.

— Por que não agora? — insisti.

— Porque não é uma boa hora... ainda posso morrer — disse ele, para minha surpresa. — Não quero que ela sinta nenhum remorso, caso eu não sobreviva.

Estávamos cavalgando perto um do outro, então eu apertei o braço dele com firmeza.

— Não vou te deixar morrer, irmão. Está me ouvindo?

Pela primeira vez, vi medo em seus olhos. Eu sabia que não era medo pela batalha que ele sentia, mas sim de perder alguém querido. O mesmo medo que eu tinha de perder Cestia.

— Como você pode ter tanta certeza? — murmurou ele.

— Porque arlequins não morrem — respondi.

Ele forçou um sorriso. Eu nunca o tinha visto assim, ou, pelo menos, não desde a morte de seu irmão Enyac em Samaris.

— Parem! — gritou alguém.

Era Ddeko. Ele ergueu o braço, pois a cavalaria de cromos Amarelos galopava em sua direção. Enviamos o grupo à frente do resto da tropa, para fazer o reconhecimento. Tais guardas a cavalo aproximaram-se e pararam diante de seu líder Amarelo.

— Há um grupo de cromos Azuis à frente, vindo rápido em nossa direção. E todos eles carregam bandeiras brancas — disse um cavaleiro Amarelo.

— Quantos? — perguntou Ddeko.

O cromo não hesitou:

— Dez.

— Hum, certamente não o suficiente para montar uma formação de ataque. Algum cromo Preto?

— Não, Irmão, apenas cromos Azuis. Mas avistamos torres de cerco e catapultas à distância, não muito longe de Ayas.

— São os Cromos Pretos! Eles estão nos esperando — disse Cestia.

— Ou eles estão se preparando para atacar os Cromos Azuis — sugeri. — E talvez seja por isso que os Cromos Azuis estão vindo nos saudar com bandeiras brancas.

— Isso parece uma armadilha! — protestou Cestia. — Não confio nos Cromos Azuis. Eles podem ser muito gananciosos e egoístas.

— Que armadilha poderiam executar? — perguntou Sitria. — A cidade está cercada de planícies e não há como prepararem um ataque surpresa contra nós. É óbvio que vão precisar de nossa ajuda para afastar os Cromos Pretos.

O vento soprou e agitou os campos de trigo. No meio daquele mar dourado, o grupo de cromos Azuis cresceu em tamanho e definição à medida que se aproximava de nós. Além dele, ao longe, eu podia apenas ver a Grande Pirâmide de Ayas. Uma nova tensão floresceu entre nossas tropas à medida que os bons espíritos que alimentaram nossa marcha desde Papylia se desvaneceram. Ao meu redor, os punhos se endureceram e se fecharam à vista dos cromos desconhecidos.

Quando aquele estranho contingente de cromos Azuis chegou mais perto, reparei que dez cromos a cavalo cercavam uma carruagem dourada e azul, que carregava um notório cromo Azul e o condutor. O sujeito com pinta de importante permaneceu com os braços cruzados, sua forma compacta e firme graças a anos de boa vida. Ele usava uma máscara prateada e um longo manto azul com capuz que o cobria por completo. Parecia estar se preparando para um desafio, mas, como estava mascarado, eu não conseguia decifrar suas emoções.

O grupo parou a uma distância menor do que cinco metros de onde estávamos. Somente a carruagem avançou lentamente em nossa direção, até que, por fim, parou. O dignitário Azul não desceu. Em vez disso, ele disse:

— Venho em nome de todos os Barões Azuis que governam Ayas. Não temos muito tempo. Pedimos sua proteção contra os Cromos Pretos.

Por mais que esperássemos algo assim, todos nós ficamos chocados com as palavras do cromo Azul. Ele pareceu ter percebido e continuou.

— Os Cromos Pretos armaram suas máquinas de guerra perto de nossa cidade. Precisamos desesperadamente de sua ajuda, para que o que aconteceu em Samaris não nos aconteça. Diga seu preço. Qualquer preço para nos ajudar. Eu me ajoelharei e implorarei se for necessário. Os Barões farão qualquer coisa para salvar os inocentes que residem em Ayas.

Essas últimas palavras comoveram a todos nós, e Cestia foi a primeira a responder:

— Sou Cestia, Princesa dos Cromos Vermelhos. Este é Ddeko dos Cromos Amarelos, Sitria das Cromos Laranja e Danayd dos Cromos Violeta. Tenho certeza de que falo por todos quando digo que não temos pedidos a fazer e que seu inimigo é nosso inimigo.

O cromo Azul olhou e acenou para cada líder, e, então, concentrou sua atenção em mim. Antes de deixar o território Violeta, fiz questão de fazer minhas pinturas em branco e vermelho no rosto. Sua voz era ligeiramente nasal.

— E este é... o Arlequim Vermelho.

— Sim, sou eu.

Isso não pareceu surpreender o dignitário Azul.

— Sua lenda o precede — disse ele.

Senti o tom zombeteiro que deu às suas palavras para me colocar no meu lugar, tão típico daqueles que estão no poder.

Danayd então falou pela primeira vez.

— Os Cromos Pretos vieram visitá-los há pouco tempo, cromo Azul... O que eles disseram?

O cromo Azul virou-se para meu amigo Violeta:

— Eles nos ameaçaram. Assim como, tenho certeza, farão com você, cromo Violeta. Mas, infelizmente, como disse antes, não há tempo para discussões. Vim aqui para implorar que vocês venham comigo até Ayas e nos ajudem a defendê-la do cerco que se aproxima.

Todos nos entreolhamos, refletindo sobre as palavras do cromo Azul. Gostássemos ou não, ele estava certo. Não havia muito tempo e nós precisávamos tomar uma decisão.

— Dentro das muralhas, teremos tempo de nos reagrupar com os Cromos Azuis e lutar contra os Cromos Pretos — disse Sitria.

— Nós também poderíamos atacá-los agora — acrescentou Cestia.

— É muito arriscado — disse Danayd. — Estaríamos nas planícies sem nenhum refúgio, enquanto eles têm suas máquinas bélicas e catapultas.

— Sim — concordei. — Vamos nos reunir com os Barões e formular rapidamente uma estratégia juntos.

— E assistir Ayas ruir como Samaris? — disse Cestia.

— Dessa vez, as coisas serão bem diferentes — assegurei. — Entretanto, o cromo Azul está certo. Não temos muito tempo, precisamos agir agora.

— Está acordado então — acrescentou Ddeko. — Iremos para Ayas.

— Obrigado — agradeceu o dignitário Azul, que soou bastante aliviado. — Vamos rápido, então. Ayas aguarda vocês de braços abertos.

Aquilo foi saudado com um "viva!" de nossas tropas.

— As coisas correram mais fáceis do que o esperado — sussurrou Daerec. — Quase parece que ele está tentando nos vender mercadorias.

— Eles são comerciantes, não guerreiros, Daerec — disse Cestia. — Eles entendem como é importante aliar-se com quem é mais forte, e, nesse caso, somos nós. Todos sabem que até a lealdade de um cromo Azul está à venda, e de nada serviria se ele desperdiçasse nosso tempo fingido que não é assim.

— Mais uma razão para não confiar neles — comentei. — Mas como juramos ajudar e unir todos aqueles que desejam lutar contra os Cromos Pretos, não temos outra escolha.

♦

CAPÍTULO 35

NA SOMBRA DA PIRÂMIDE AZUL

Ao passar pelos portões pesados da cidade Azul, senti-me apreensivo. Talvez tenha sido por causa das memórias inquietantes que tal ação evocou. Afinal, foi naquele lugar que eu tinha sido aprisionado e quase morto. Como tudo mudara desde então! Eu já não era mais o mesmo e, ao caminhar pelas ruas, percebi que a cidade Azul também. As ruas estavam vazias, o clima festivo da Feira da Colheita era uma tênue lembrança. Onde estava toda a agitação que destacava os Cromos Azuis das outras nações?

Não havia nenhuma tenda colorida, nenhuma carroça abastecida com mercadorias, nenhum comerciante tentando chamar a atenção. Pelo contrário, os poucos cromos Azuis que vimos caminhavam de cabeça baixa. Eles não se importavam mais em ostentar mantos ricos e aveludados e máscaras luxuosas, pelo contrário, esses foram substituídos por mantos austeros de musselina e máscaras simples sem adornos. Até mesmo seus palácios encontravam-se em decadência. Por um breve instante, tive a impressão de que estava cercado por janis, a casta mais baixa Vermelha, em vez dos ricos Cromos Azuis.

A mudança mais perceptível foi a maneira como as casas estavam fechadas. Até onde me lembrava, a maioria dos Cromos Azuis orgulhava-se de ostentar abertamente sua riqueza e suas belas residências. Durante a Feira, suas amplas casas de pedra eram abertas ao público e ao comércio. No momento em que chegamos à cidade, no entanto, nos deparamos com as portas e janelas de aço bem fechadas. Senti muitos olhos cautelosos nos espiando através de buracos. Naturalmente, presumimos que os Cromos Azuis estavam se prevenindo contra os Cromos Pretos invasores, mas algo ainda me parecia errado. Falei com Cestia a respeito de minha suspeita.

— Você não acha isso estranho? Um exército inteiro de resgate está entrando na cidade deles e isso não gera nenhuma reação?

— Pode ser medo da parte deles — respondeu ela.

— Não sei, estou me sentindo... inquieto. Por que eles não vêm nos saudar?

— Não viemos exatamente para comprar joias, mas para travar uma guerra — disse Cestia.

— Você sabe para onde estamos indo? — perguntou Daerec.

— Não sei — respondi. — Acho que para Sfero Platia, o centro da cidade.

Referia-me à impressionante praça aberta em formato oval, na qual a grande Pirâmide Azul, o coração e a alma de Ayas, era a peça central. Era também onde todos os melhores comerciantes se reuniam, vendendo suas mercadorias a cromos que vinham de territórios inimagináveis e distantes para comprá-las. Seguimos a delegação Azul enquanto ela percorria pelos retornos e desvios que compunham as ruas estreitas de sua cidade. O dignitário que nos conduzia olhava para trás de vez em quando, certificando-se de que o estávamos seguindo.

Quando peguei a estrada Canceriana pela primeira vez para visitar Ayas, Chtomio me explicou que a rápida expansão da cidade havia resultado na necessidade de construir inúmeras muralhas de seu centro para fora. No entanto, os Cromos Azuis sempre deixaram intactas suas fortificações anteriores e intencionalmente transformaram as ruas e vielas da cidade Azul num labirinto. Para chegar a Sfero Platia, tivemos que passar por várias passagens estreitas, um cromo de cada vez. Do céu, um falcão poderia ter confundido nosso exército com uma serpente interminável e sinuosa que se movia por toda a cidade Azul. Ainda estávamos juntos como um exército, mas reduzidos a uma fila ineficaz.

À certa altura, já tínhamos quase chegado a Sfero Platia. Eu podia ver a imponente Pirâmide Azul elevando-se acima de nós, com sua alta superfície bloqueando o sol. Fiquei feliz em vê-la, pois não gostava da sensação de asfixia que as ruelas estreitas produziam. No entanto, algo estava errado, terrivelmente errado. Cruzamos uma viela sombreada, mas o ar estava quente. Senti o cheiro de algo queimando, um odor acre que ficava mais forte a cada passo que meu cavalo dava.

De repente, todos os componentes que acompanhavam a comitiva Azul se voltaram contra nós. O dignitário Azul gritou:

— Este é o fim da linha para vocês!

Ele retirou o manto azul, jogando-o no chão. Por baixo, estava usando outro manto, completamente preto.

— O que está acontecendo? — gritou Ddeko atrás de mim.

— O cromo Azul é um farsante! — berrou Sitria. — Ele é um cromo Preto!

O falso cromo Azul e seus comparsas, covardes malditos como eram, nos encurralaram num beco estreito e usaram uma manivela para fechar um grande portão de ferro maciço.

Um barulho cresceu das fileiras atrás de mim. Mais portões foram fechados, prendendo e separando uma divisão da outra. Em poucos segundos, uma cidade inteira tinha sido transformada numa prisão grande o suficiente para conter nosso exército. Ouvi sons vindos de trás do portão de ferro perto de nós. Os covardes cromos Azuis provavelmente estavam fortalecendo-o ainda mais.

Que tolo eu fui por ter sido enganado tão facilmente por seu pedido de ajuda.

— Olhe, Asheva! — disse Daerec.

Outros cromos corriam acima de nossas cabeças, após escalar a parte superior das muralhas de pedra que nos cercavam. Eles trajavam mantos Pretos.

— Retirada! — gritei, agitando os braços. — Subam as muralhas e levantem seus escudos! Saiam da cidade! É uma armadilha!

Minhas ordens foram rapidamente passadas pelas fileiras, mas, mesmo quando gritei, sabia que era tarde demais.

Pude ver o tumulto se formando enquanto nossos soldados tentavam se defender dos atacantes de cima, ao mesmo tempo que tentavam escalar as muralhas de pedras lisas. Para os arqueiros Pretos, era como brincadeira de criança. Os guerreiros portando espadas acertavam a cabeça e os ombros de qualquer um que tentasse escalar uma muralha. Os falcoeiros Amarelos, pegos de surpresa, não tiveram a chance de despachar seus falcões e isso também contribuiu para a confusão.

Ouvi Sitria, a Irmã Laranja, soltar um grito agudo. Uma flecha atingiu seu coração. Foi tão rápido que ela estava morta antes mesmo de cair de seu cavalo.

— Sitria! Sitria! Não! Não! — berrou Ddeko.

Uma flecha atingiu-o no quadril, e ele caiu próximo à cromo Laranja.

— Irmã! — gritou Shaina.

Ela saltou de seu cavalo e atirou-se ao corpo de Sitria.

Era um cenário de pânico e confusão. Todos os cromos daquela longa fila tiveram dificuldade para entender o que estava acontecendo: seríamos derrotados antes mesmo de termos a chance de lutar, abatidos como porcos. Nosso sonho morreria conosco.

Havia uma chuva de flechas sobre nós. Também levantei meu escudo enquanto saltava do cavalo, levando Cestia comigo. Nossos dois cavalos fizeram uma dança macabra enquanto as flechas os atingiam até caírem, ferindo mais soldados. Nós rastejamos até a casa sobre rodas Violeta mais próxima. Meu escudo, fincado por tantas flechas, parecia um porco-espinho, e os gritos de meus companheiros feriram meus ouvidos.

— Como pude ser tão ingênuo? — repeti essas palavras ininterruptamente, feito um louco.

Dentro da casa sobre rodas, encontramos o Magnífico Monarca Danayd e outro grupo de cromos Violeta. Eles pareciam estranhamente calmos, ainda que dezenas de flechas continuassem a perfurar as paredes de madeira da estrutura.

— Estamos à mercê deles! — bradei furioso. — Eles vão matar todos nós!

— Não, eles não vão — disse, sereno. — É hora de dar o troco.

— Como?

— Com isto — respondeu.

O Monarca Violeta segurou duas garrafas de poção âmbar em suas mãos, e havia mais delas dentro de caixas de madeira que revestiam as paredes.

— Observe — disse ele.

Outro cromo Violeta pegou três garrafas e, com cuidado, dirigiu-se para a frente do veículo. Ele jogou uma delas na parede mais próxima. Uma explosão sacudiu a casa móvel e uma nuvem de fumaça amarela veio em nossa direção.

— O que é isso? — gritei junto ao barulho que se seguiu.

O Magnífico Monarca falou, mas eu mal conseguia ouvi-lo. Só compreendi algumas palavras, como "líquido", "enxofre", "flor", "explosão". Era informação suficiente para eu saber o essencial e, conforme os Cromos Pretos morriam como resultado daquela mistura, minha felicidade aumentava.

O soldado do Magnífico arremessou outra garrafa, depois outra e assim por diante, conforme um companheiro Violeta passava mais garrafas a ele. As explosões começaram a ocorrer de forma intermitente. Suspeitei que outros cromos Violeta estavam fazendo o mesmo em outras casas sobre rodas. As garrafas explosivas criaram pânico entre os arqueiros Pretos e, de repente, lembrei-me das palavras do Monarca Violeta a Ddeko a respeito das casas sobre rodas: *Elas podem atrasar você agora, mas podem te salvar mais tarde.*

As muralhas superiores de Ayas foram engolidas pelas chamas e sufocadas pela fumaça amarela. Nosso exército multicromático comemorou ao ver seus inimigos agonizando e morrendo.

— Agora, reagrupamos e atacamos — falei para Danayd e Cestia.

O cromo Violeta assentiu com a cabeça.

— Continuaremos arremessando as garrafas de poção. A fumaça também irá escondê-los para que vocês possam escalar as muralhas.

Enfim pude ouvir novamente e reconhecer as palavras do Monarca. Dei um sorriso. Eu estava ansioso para sair da carroça e saciar minha sede de sangue.

— Vamos! — falou Cestia.

— Não — respondi. — Você tem que ficar aqui.

— Vou com você — disse ela.

— *Por favor*, Cestia. Se você me ama, fique aqui. Se eu não voltar, preciso que você assuma meu lugar.

Ela reconheceu a sabedoria do que eu disse. Eu a abracei e saí da casa móvel sem olhar para trás. Segui cauteloso pela rua em que ficamos presos. Outra explosão feriu meus ouvidos, e de novo fiquei incapacitado de ouvir qualquer coisa que fosse, a não ser um zumbido contínuo. Ao meu redor, cromos Pretos caíam das muralhas como maçãs podres.

Enfim, as muralhas começaram a desmoronar. Nossos soldados escalaram os escombros e investiram contra nossos inimigos. Eu me atirei de cabeça no combate. Os arqueiros Pretos não estavam preparados para lutar um contra um à queima-roupa, então dilacerei suas mãos com minha espada. Sangue jorrou sobre minhas roupas vermelhas e brancas de arlequim. Pintei meus lábios e dentes com aquele líquido enquanto emitia um grito de batalha bestial e feroz que poderia ter saído da garganta de um lobo. Àquela altura, eu me tornara uma criatura selvagem e irracional, retalhando, massacrando e atravessando qualquer coisa que fosse Preta ou Azul. Eu queria matar todos eles sozinho!

Um cromo Amarelo, que tinha me seguido, girou ao meu redor até ficar na minha frente com um porrete pesado. Ele esmagou com prazer as cabeças dos cromos Pretos mascarados como se fossem melancias, e outros cromos Amarelos e Laranja enfurecidos seguiram nosso exemplo. Os cromos Violeta permaneciam embaixo, atirando suas garrafas explosivas sempre que novas enxurradas de inimigos rompiam as muralhas.

Logo, a maré mudou, e os arqueiros Pretos começaram a fugir. Cromos Laranja e Amarelos gritavam "Vitória! Vitória!" enquanto a fumaça se dispersava. Cheguei a uma posição no alto que me deu uma boa visão da carnificina e do caos. Não era algo bonito de se ver.

Duas muralhas nos separavam da Pirâmide e de Sfero Platia, mas a praça central de Ayas não estava vazia. Os Exércitos Azul e Preto inteiros estavam lá, ousadamente, em formação ao ar livre. Enquanto eu observava, mais soldados saíam da Pirâmide Azul. Eles também estavam esperando por nós.

O falso dignitário Azul permanecia sobre uma plataforma acima desses cromos guerreiros. Ele olhou para seus companheiros e depois para nós, retirou a máscara prateada e rapidamente a substituiu por outra dourada. Não tive tempo de olhá-lo no rosto, mas pude distinguir algum tipo de funil em sua nova máscara, semelhante ao que os mensageiros usavam em Axyum para amplificar suas vozes.

— Ouçam, cromos, pois eu, Nomius, sou o Grande Ancião da Nação Preta!

Então o dignitário Azul que nos encontrou fora de Ayas não era outro senão o novo Grande Ancião! Se ao menos eu soubesse disso, teria matado o canalha no momento em que pus meus olhos sobre ele.

Enquanto isso, o Monarca Violeta aproximara-se de mim.

— Parece que nosso amigo Preto gosta mais de disfarces do que você.

— Ddeko! Daerec! — berrei para a rua abaixo, mas eles não responderam.

De Sfero Platia, Nomius continuou seu discurso:

— Não temos ressentimentos contra vocês, Cromos Laranja e Amarelos. Também não temos ressentimentos contra vocês, Cromos Violeta. Mas *todos vocês* começaram esta guerra contra nós. E agora podem pôr um fim a ela, antes que mais sangue seja derramado.

— Do que ele está falando? — murmurei. — *Eles* começaram a guerra.

Como se respondesse à minha pergunta, Nomius entonou:

— Esta guerra é obra do seu líder, o Arlequim Vermelho. Vocês estão cercados. Não podem vencer. Lutem e serão massacrados. Rendam-se, entreguem o Arlequim e serão poupados. Olhem para além das muralhas da cidade, se não acreditam em mim.

Nossos olhos se voltaram para as muralhas externas, onde os mecanismos de cerco do Exército Preto nos sitiavam como um enxame.

— Ainda temos que lidar com isso — disse Danayd.

Naquele momento, vimos centenas de cavaleiros Pretos atravessarem as planícies em direção a Ayas.

— Eles queriam acabar conosco desde o início — disse.

As trombetas de guerra dos Cromos Pretos soaram, e o chão sob nossos pés tremeu. As catapultas começaram a arremessar bolas de fogo contra aqueles de nós que ainda estavam presos nos becos.

Desses becos, vi um rosto familiar correndo em minha direção. Era Xai. Seu rosto estava sujo e sua túnica coberta de enxofre. Sua aparência estava tão ruim quanto da vez que o conheci, quando fugimos de Samaris.

— Você viu Daerec? — perguntei.

Ele balançou a cabeça.

— Se você o vir...

Parei de falar quando percebi que ele continuava a balançar a cabeça e que seus olhos estavam cheios de lágrimas.

— O que houve, Xai? O que aconteceu?

Ele se ajoelhou e continuou balançando a cabeça.

— Xai?

Ele olhou para mim e começou a chorar. De repente, eu entendi.

— Daerec!

Desci rápido da altura em que estava e continuei chamando Daerec. A rua estava pavimentada com cadáveres de todas as cores.

— Daerec!

Percebi que Xai tinha me seguido. Ele tocou meu ombro e me guiou passando por corpos cheios de flechas, até parar perto de dois cromos que jaziam abraçados. À primeira vista, pareciam ser soldados que lutaram até a morte, mas então percebi que ambos foram mortos por flechas e caíram no ato de proteger um ao outro. a crimo era uma bela Irmã Laranja, de cabelos longos e loiros. O cromo... era um marcromo; um divertido, leal e corajoso marcromo que tinha decidido seguir um louco arlequim para a guerra.

Xai encostou-se em mim e chorou.

— Daerec? — murmurei.

Contei sete flechas em seu corpo e quatro no de Shaina. Ajoelhei-me diante deles e acariciei gentilmente seus cabelos. Minhas lágrimas continuaram a cair.

— Daerec... — sussurrei — sou eu, Asheva... Você não pode morrer aqui... os deuses não querem isso para você...

Fechei os olhos enquanto repetia essas palavras:

— Os deuses não querem isso...

Quantos outros cromos queridos eu iria perder? Quantas outras mortes eram necessárias para que os deuses se sentissem satisfeitos? Por que eles tinham tanta fome por nossas almas, assim como crianças gulosas empanturrando-se com doces?

— Somos mais fortes do que vocês! — clamei aos céus. — Estão me ouvindo? Somos mais fortes do que qualquer coisa que possam atirar em nós!

— Guarde suas forças para a batalha, Asheva. Precisamos nos concentrar naqueles que ainda estão vivos e dependendo de nós para liderá-los.

Era Danayd. Ele tinha ido atrás de mim. Suas palavras me deram um frio na espinha. O Monarca treinara a si mesmo para permanecer indiferente em situações como aquela, e eu pude entender por quê. Também compreendi melhor as palavras que ele havia dito em Papylia e a gravidade por trás delas.

— Então é isso — disse Xai, ainda chorando. — É aqui que morremos.

— Eu não estou pronto para isso — falei —, e você também não.

Danayd assentiu com a cabeça.

— É assim que se fala. Precisamos continuar lutando, pelos vivos e pelos mortos.

— Faremos duas frentes — eu disse. — As Cromos Laranja e os Amarelos enfrentarão o inimigo interno enquanto os Cromos Violeta e os Vermelhos afastarão aqueles cavaleiros e catapultas com suas garrafas explosivas.

Minhas instruções foram rapidamente transmitidas pela nossa formação. O exército multicromático se dividiu em duas facções e se preparou para um ataque duplo. Foi quando ouvimos, mais uma vez, a voz de Nomius ecoar de Sfero Platia:

— Cromos Amarelos! Cromos Laranja! Cromos Violeta! Minha paciência está se esgotando! O que vocês decidiram?

Eu e Xai, junto com Danayd, retornamos ao topo da muralha onde estávamos anteriormente. Lá, encontramos Cestia, encarando a Pirâmide Azul.

— Quero matar ele — sussurrei para ela.

A raiva que sentia pelas mortes de Daerec, Shaina e Sitria, sem mencionar as de nossos outros guerreiros, circulava em minha corrente sanguínea como metal derretido. Não consegui contar para Cestia as trágicas perdas. Agarrei minha espada, desejando cravá-la até o punho no coração seco de Nomius.

Era hora de colocar aquele monstro no seu devido seu lugar. Ergui minha espada de modo ameaçador, como se pudesse estripá-lo de onde eu estava.

— Mentiroso! Assassino! — vociferei. — Não vou pedir a *sua* piedade, cromo Preto. Quero ver seu sangue derramado em todas as direções! Você não vai sair daqui vivo!

Meus soldados aplaudiram. Cestia também se voltou para Nomius.

— Você é um verme e assim permanecerá, Nomius! Seu lugar é debaixo da terra, vivendo sob a luz dos deuses, se alimentando de carcaças mortas. Você destruiu meu reino sem piedade e assassinou meu pai, tirando proveito de traidores e desobedecendo às Leis Coletivas. Não pode haver misericórdia por seus atos malignos, e o mal só pode ser removido pela raiz. Erradicaremos cromos como você e toda a sua linhagem até que ninguém saiba que vocês um dia existiram.

Mil gritos a favor vieram em resposta à acusação de Cestia.

Então, uma flecha passou zunindo por mim, e a túnica branca de Cestia ficou manchada de vermelho.

— Cestia! — gritei.

Seu corpo pareceu flutuar no ar por um instante, antes que ela desmaiasse.

— Desça daí, Asheva! — gritou Danayd, empurrando-me da muralha.

Levei pouco tempo para me libertar dele e rastejar até onde Cestia estava. Ele seguiu o exemplo e começou a examinar a ferida dela.

— Ela teve sorte. A flecha não atingiu nenhum órgão vital — disse ele.

Cestia abriu os olhos e me viu. Sua expressão não era de dor, mas de fúria. Ela agarrou meu braço e apertou-o com força.

— Lute, Asheva! Mate ele!

Danayd ajudou Cestia a caminhar até uma casa sobre rodas, para afastá-la do perigo.

E eu lutei.

— Vamos acabar com eles de uma vez por todas! — bradei a plenos pulmões.

Corri através de uma muralha quebrada e muitos outros cromos me seguiram.

Investimos contra os Cromos Pretos e vi Nomius recuar atrás das fileiras de seu exército. Incentivados por isso, atacamos com força, como um grande punho, até quebrarmos todas as suas linhas. O som de metal contra metal ecoou por toda a Sfero Platia, enquanto o cheiro de suor e sangue permeava o ar. Senti a forte adrenalina que alguém sente quando se vê dominado pelo calor da batalha. Os rostos de todas as pessoas importantes que morreram naquele dia apareceram diante dos meus olhos, me incitando a continuar lutando em direção ao Grande Ancião Preto fugitivo. Imaginei que cada cromo à minha frente era um Grande Ancião, corrupto e maligno. Minha fúria nos levaria à vitória!

Soltei um grito quando senti uma lâmina atravessando meu braço esquerdo, até o osso, mas aquilo não me impediu. O soldado Preto que me cortou não viveu tempo o suficiente para comemorar, pois cravei minha espada em sua barriga, torci-a e retirei-a pelo lado de seu corpo, esvaziando suas entranhas. Mais cromos Pretos e Azuis nos atacaram: parecia que vinte novos soldados saíam da Pirâmide Azul para cada dez que matávamos. As catapultas lançavam bolas de fogo sobre nós, mas fiquei feliz de ver que elas também atingiam nossos inimigos. Deslizamos sobre a lama, o sangue e as entranhas dos moribundos, sem prestar atenção aos seus gritos.

As Cromos Laranja e os Amarelos lutaram corajosamente, e eu estava certo de que, do outro lado da cidade, os Cromos Violeta e Vermelhos estavam fazendo o mesmo. Mas, no fundo, eu sabia que havia subestimado o inimigo e que ele nos faria pagar caro por isso.

Porém… quando olhei para cima outra vez, vi que as bolas de fogo estavam indo inteiramente na direção errada. Elas estavam indo contra a Grande Pirâmide e o coração dos Exércitos Preto e

Azul. Talvez os Cromos Pretos que operavam os mecanismos do cerco tivessem recebido más instruções. Ouvi gritos de comemoração vindo de nosso lado. Cromos Pretos também começaram a se perguntar o que estava acontecendo. Já havia uma série de incêndios que os separavam de nós. A Pirâmide Azul logo foi rodeada pela fumaça.

À certa altura, ficou claro que as catapultas e as torres de cerco foram tomadas por outra facção, uma que conhecíamos muito bem.

— São os Cromos Verdes! — proclamaram várias vozes em uníssono.

Subi no topo da muralha mais próxima e observei as torres de cerco fora da cidade. O que eu achava que era ação da Cavalaria Preta era algo completamente diferente: os Cromos Verdes vieram ao nosso socorro em seus pesados kerburs. Eram aquelas enormes bestas que estavam fazendo o chão tremer, proporcionando uma visão e tanto, com seus longos chifres e pele encouraçada cinza que lhes serviam como uma armadura natural. Meu coração encheu-se de gratidão pelos deuses e eu agradeci por nem todos os cromos Verdes terem sido massacrados.

Por conta das chamas, os Cromos Pretos e Azuis em Sfero Platia foram forçados a recuar. Nós, por outro lado, avançamos lentamente em direção à Pirâmide Azul, ao passo que ela também estava sendo engolida pelas chamas. O calor era tão forte que os soldados de ambos os lados se afastaram de Sfero Platia. Cromos Azuis mulheres e crianças correram, gritando, da pirâmide, em direção às ruas, aumentando a confusão, pois também foram barradas por seus próprios portões. "Então foi ali que os Cromos Azuis esconderam seus inocentes", pensei.

Vendo seus entes queridos correrem desesperados por todo lado e sua cidade em chamas, os soldados Azuis, que, no fundo, não passavam de comerciantes, começaram a depor suas armas e a se render em massa.

Os Cromos Pretos continuaram se afastando de Sfero Platia em direção à parte sul da cidade, que fora deixada incólume pela batalha. Nomius gritou para reagruparem-se e atacar, mas ninguém lhe deu ouvidos. Fiquei furioso por não conseguir alcançá-lo. Os Cromos Pretos desapareceram tão rapidamente de Ayas quanto tinham aparecido, deixando os Cromos Azuis aterrorizados e rendidos ao nosso exército.

A cidade Azul era nossa! Mas o preço que pagamos foi muito mais alto do que alguém jamais teria imaginado. O ataque surpresa dos Cromos Pretos dizimou nosso exército, e as Cromos Laranja e os Amarelos foram os que mais sofreram.

— Deveríamos enforcar você junto com todos os Cromos Pretos e Azuis! — sibilou uma voz amarga no meu ouvido.

Era Ddeko. Ele ainda estava vivo e veio mancando em minha direção, seu rosto era uma máscara própria, pintada pela dor.

— Olhe o que você fez! — vociferou. — Nomius estava certo. Esta carnificina é culpa sua!

Eu sabia que ele precisava desabafar sua raiva pela morte de Sitria, mas senti suas palavras como um golpe fatal.

— Nunca deveríamos ter ouvido você!

Ele então jogou a espada no chão e tapou o rosto com as mãos brutas e ásperas.

— Estamos todos juntos nisso, Ddeko — disse Danayd.

— É fácil para você dizer isso! A maioria de seus cromos Violeta encontrou refúgio em suas casas sobre rodas. Mas eu... perdi metade da minha nação!

Ele olhou para mim e disse:

— Vamos voltar para Doryca. Lá enterraremos nossos irmãos e nunca mais deixaremos nossa cidade. Esta guerra não é mais nossa. Ela custou muitas vidas.

— Então todos os seus irmãos morreram em vão — lembrei-o, com severidade.

Também não foi preciso muito para me forçar além do meu limite. Ele se aproximou de mim, e eu sabia que estava pronto para me desferir um soco. Eu teria recebido de bom grado, se isso o ajudasse a aliviar sua tristeza de alguma forma, mas ele resistiu ao impulso.

Falei novamente, desta vez de um jeito brando.

— Se você voltar agora, tudo o que conquistamos será tomado. É isso que você quer? Esperar os Cromos Pretos, isolados em seu lar na montanha, vivendo com medo da chegada deles?

— Nós, Cromos Amarelos, não temos medo! — rosnou ele.

— Sim, vocês têm! — protestei. — Todos nós temos. Mas precisamos superá-lo.

Eu o abracei.

— Sitria... Shaina... Daerec. Eles... eles iriam querer...

Minha voz falhou. A ideia de Daerec não estar mais ao meu lado era demais para suportar.

Ddeko olhou para mim.

— Não diga mais nada — disse ele. — Você está sofrendo tanto quanto eu, e as palavras são inúteis.

Olhei para ele e assenti com a cabeça. Após as mortes de Tiara e Chtomio, eu tinha prometido proteger aqueles que amava, mesmo que isso custasse minha própria vida. A morte de Daerec marcou mais uma promessa quebrada. Quantos mais eu levaria para o túmulo comigo?

CAPÍTULO 36

UM NOVO ALVORECER

As saudações de boas-vindas de nossos soldados foram o que me fizeram recuperar o foco nos assuntos que importavam. Vislumbrei uma figura familiar caminhando em direção a mim, Cestia e o Monarca Violeta. Failan! Aprendi muito com ela sobre os costumes da natureza durante minha estada em Everdia, numa floresta antiga onde os Cromos Verdes viviam. Também aprendi muito sobre a natureza dos cromos de lá. Senti falta daqueles dias felizes que passei na companhia deles, divertindo-me com a forma como ela flertava descaradamente com Daerec. Sentia um aperto no coração só de pensar no nome de meu amigo.

— A Deusa Mãe me disse que você era um encrenqueiro, arlequim, mas eu não tinha ideia sobre até que ponto ela falava sério.

Forcei um sorriso ao estender os braços para abraçá-la.

— Fiquei sabendo que Everdia tinha sido conquistada pelos Cromos Pretos.

— Everdia, sim; os Cromos Verdes, não — respondeu ela. — E então alguém me convenceu de que, em vez de viver novamente como nômades nas florestas, tinha chegado a hora de lutar.

Outro cromo Verde que eu conhecia bem se juntou a nós. Era um ex-ladrão chamado Astor, que fingiu ser meu amigo quando fui exilado e se aproveitou de minha ingenuidade para seus próprios fins. Tínhamos brigado, mas depois, em Everdia, nós nos reencontramos e fizemos as pazes.

— Mesmo a Deusa Mãe não pode lutar todas as guerras por nós. Às vezes, precisamos dar uma mãozinha — disse ele, rindo.

Observei seu rosto sem a máscara. A expressão de Astor havia mudado. O olhar de condescendência astuta que ele sempre mantinha desaparecera e fora substituído por uma luz interior de verdade e serenidade. Era o olhar de alguém que encontrara seu caminho. Nós nos cumprimentamos.

— É bom ver você, Astor — disse, sendo sincero.

Olhamos para a Pirâmide em chamas, outrora um símbolo da grande riqueza de Ayas, e que virara um sinal da derrota esmagadora dos Cromos Azuis. Um cromo Azul veio em nossa direção, escoltado por quatro de nossos soldados. Reconheci sua máscara de duas faces. A imagem dela estava gravada em meu cérebro, desde que seu dono proferiu minha sentença de execução na Roda da Sorte. Era a máscara do Barão Viura, "*os olhos e ouvidos de Ayas*", como ele tanto gostava de se proclamar.

— Ele disse que queria falar com você — anunciou uma cromo Laranja.

Ela deu uma pontada com a espada na barriga avantajada do Barão. As Cromos Laranja eram provavelmente as mais furiosas com os Cromos Azuis, tendo perdido duas de suas respeitadas líderes durante a batalha.

O Barão assentiu com a cabeça. Inesperadamente, ele retirou a máscara suntuosa.

— Como tudo está destruído, não vale a pena manter tais formalidades — disse, com um suspiro.

Seu rosto pesaroso era a expressão da miséria coletiva dos Cromos Azuis. Ele estava pálido e seus cabelos escassos tinham cor de palha. Seus olhos estavam vermelhos pela fumaça do enxofre. Senti pouca pena dele.

— Você tem controle sobre nossa cidade — continuou. — Sei que não tenho o direito de pedir perdão, mas saiba disso: fui eu quem decidiu fazer aliança com os Cromos Pretos. Meus companheiros Azuis não são culpados. Me execute se quiser, mas peço, por favor, poupe-os. São apenas comerciantes que querem viver e prosperar em paz.

— Por que, então, você se aliou aos Cromos Pretos? — questionou Ddeko.

— Que escolha eu tinha? Ou era isso ou ser destruído por eles. Nós sabíamos o que tinha acontecido em Samaris.

— Você também sabia o que aconteceu em Crodya e Doryca? Como os derrotamos? — retrucou Ddeko, com sua raiva aumentando novamente.

— Nós sabíamos que houve uma batalha, mas os Cromos Pretos nos disseram que eles venceram, forçando vocês a deixarem as Cidades Gêmeas.

— Mentiras! — vociferou Ddeko. — É a única coisa em que os Cromos Pretos são bons!

— Fale sobre Nomius — disse.

Seus olhos se estreitaram.

— Ele é feroz e maligno, um cromo ardiloso. Você viu como ele se disfarçou de cromo Azul! Pensei ter conhecido o pior dos Cromos Pretos antes de conhecê-lo, mas estava errado.

Meus pensamentos voltaram-se para o antigo Grande Ancião, aquele que eu matara por tentar violar minha mãe. Eu me perguntava se mesmo ele tinha sido tão mau quanto Nomius. Quanto mais eu aprendia sobre minha Nação sitiada, menos, pelo que parecia, eu realmente sabia.

O Barão Azul continuou:

— Você venceu esta batalha, arlequim... Sim, mas você ainda não os derrotou. Não até matá-lo. Até matar todos eles!

Um calafrio correu pela minha espinha. Dentro daquele comerciante, permanecia um profundo e antigo ódio pelos Cromos Pretos, um ódio que apodrecia. Um ódio que também me fez sentir odiado.

— Nem todos os Cromos Pretos são como ele — contestei.

— E como você saberia disso? — respondeu rapidamente.

— Porque eu era um deles. Você estava pronto para me matar na Roda da Sorte só por isso — lembrei-o. — Claro, isso foi antes de descobrir que eu era um arlequim, daí, sim, você teve certeza de que me queria morto.

Os olhos do Barão Azul arregalaram-se.

— Eu me lembro: o arlequim! Você foi o único que saiu ileso da Roda. Tal coisa nunca havia acontecido antes!

Assenti com a cabeça.

— Então a lenda que surgiu sobre você, espalhada tão rapidamente entre os Cromos Azuis, provou ser verdadeira. Você é benquisto pelos deuses!

— Ou talvez benquistos pelos cromos — disse Danayd. Depois, voltando-se para mim, acrescentou: — O cromo Azul está claramente certo sobre Nomius. E eu acrescentaria à lista de suas características que ele também é bastante astuto.

— O que você quer dizer com isso? — perguntei.

— Pense. Ao lutar em Ayas, ele tinha em mente dois objetivos: subjugar os Cromos Azuis e destruir nosso exército. E ele alcançou parcialmente ambos. Ayas está em chamas e nós tivemos muitas baixas. Mesmo tendo fugido da batalha, ele fez isso com a maior parte de seu exército ainda intacto.

Danayd estava certo. Pensei em como os Cromos Pretos ainda conseguiram escapar de nós. Eu me perguntava se a retirada deles também fazia parte do grande plano de Nomius.

— O que devemos fazer com o Barão? — perguntou Ddeko, interrompendo meus pensamentos.

— Ainda acho que *todos* os Cromos Azuis deveriam ser punidos pelo que fizeram — disse Cestia. — Caso contrário, Shaina, Daerec e todos os outros morreram em vão.

As guardas Laranja aprovaram as palavras de Cestia.

— Nós não somos os Cromos Pretos — protestei. — Muitos cromos Azuis inocentes morreram e a cidade está em chamas. Acho que isso é punição mais do que suficiente para um dia.

— Eles fizeram uma escolha quando tomaram partido. Eles sabiam o que estava por vir — retrucou ela.

— Cestia está certa! — concordou Ddeko.

— Me parece que eles não tiveram escolha — rebati.

Cestia observou o Barão Azul, e então disse:

— *Sempre* há escolha, Asheva. Sempre. Você devia saber disso mais do que qualquer outra pessoa.

Aproximei-me dela e baixei minha voz:

— Você está falando através da voz da vingança, pela dor e perda que teve. Os Cromos Azuis não fizeram mal ao seu reino. Foram os Cromos Pretos.

Failan acrescentou:

— Devemos romper este ciclo vicioso de ódio e conflito nos territórios. Se é unidade que queremos, precisamos aprender a confiar uns nos outros. Concordo com Asheva: devemos dar outra oportunidade aos Cromos Azuis.

Cestia franziu as sobrancelhas.

— Me pergunto o que você dirá, depois que eu lhe contar sobre Daerec.

Failan alegrou-se à menção de seu nome. Meu coração se partiu só de olhar para ela.

— Cestia… agora não — supliquei à minha Princesa.

Era tarde demais: Failan compreendeu a situação só de ver minha expressão.

— Não…

— É verdade. Ele morreu — lamentou Cestia. — Sinto muito. Não há uma maneira fácil de dar esse tipo de notícia.

— Como você pode…? — comecei a dizer, mas ela me interrompeu.

— Magoá-la? Meu amor, você sabe, acima de tudo, que é isso que acontece na guerra. Se Failan ainda quer poupar os Cromos Azuis, isso deve ser feito com o conhecimento de todos os crimes que eles cometeram.

Failan abraçou Cestia.

— Compreendo você, jovem amiga Vermelha, especialmente quando se trata de sentir a dor de uma perda. Mas a vingança não vai trazer os mortos de volta. Ela oferece apenas um alívio temporário para o luto.

Os olhos de Cestia encheram-se de lágrimas. Por causa da sabedoria de Failan, percebi que ela só estava se comportando daquela forma para tentar lidar com a própria tristeza.

O Barão Azul virou-se para Failan e fez uma reverência.

— Obrigado, sábia Verde, em nome de meus companheiros cromos, por sua compaixão.

De bom grado, ele nos deixou levá-lo a um dos veículos Violeta, para ser mantido prisioneiro lá até que decidíssemos seu destino.

Quão rápido tudo tinha mudado em apenas alguns breves solstícios! Eu ainda me lembrava como os Cromos Verdes eram tratados em Ayas durante a Feira da Colheita. Naquele instante, porém, um outrora rico cromo Azul estava de joelhos, grato por ter sido poupado, e tal ato de bondade tinha vindo dos próprios cromos que muitas vezes ele condenara.

Cestia ainda tinha sentimentos mistos. A Princesa Vermelha afastou-se de nós, e eu estava pronto para segui-la, mas Failan me interceptou e disse:

— Não, deixe-me falar com ela. Você libertou Astor de sua amargura, agora é minha vez de ajudá-lo a libertar Cestia da amargura dela.

Failan foi até Cestia e começou a conversar com ela. Cestia não a ignorou...

Naquela noite, homenageamos os mortos, independentemente de sua cor. Fizemos grandes piras funerárias fora das muralhas de Ayas e decidimos por unanimidade que iríamos construir um monumento para homenageá-los. Não seria uma pirâmide, mas uma esfera, feita de diferentes pedras, representando todas as cores das sete nações, até mesmo a Preta. Sua cor foi acrescentada por insistência de Failan.

— Uma esfera é perfeita — disse a Sacerdotisa Verde. — É uma forma de inclusão, onde todos são iguais. Ela nos lembrará que, de agora em diante, todos nós fazemos parte de um círculo perfeito.

Continuamos a abraçar nosso luto até o nascer do sol. Quando chegou a hora de cremar Daerec e Shaina, decidimos deixá-los abraçados do jeito que os encontramos. Cestia tirou seu manto vermelho e os envolveu. Então, ela pegou uma pena branca e a pôs gentilmente nas mãos de Daerec.

— Shaina me deu isto, caso ela morresse — explicou. — Ela queria que Daerec ficasse com a pena.

Assenti com a cabeça.

— Ele queria morar com ela em Crodya. Estava com medo de que não o deixassem entrar na cidade — falei, sorrindo ao lembrar disso.

Mesmo em seu funeral, ele ainda me fazia sorrir. Eu desejava tanto que os deuses não o tivessem tirado de mim.

— Ele tinha um rubi que queria dar de presente a Shaina...

Encontrei-o em seu bolso. Em seguida, coloquei-o entre as mãos deles. Um grupo de irmãs Laranja começou a cantar em honra de Shaina. De repente, irrompi em lágrimas. Ótimo, soluços violentos sacudiram todo meu corpo. Eu não me importava de me verem naquele estado. Senti-me tão desolado sem meu amigo. Voltei-me instintivamente para Cestia e encontrei seus lábios. Nós nos abraçamos com força.

Não muito longe de nós, Ddeko estava de luto por Sitria. Ele não deixou ninguém se aproximar do corpo dela, nem mesmo as Cromos Laranja. Um sacerdote Amarelo enfim o levou para longe, para que ela pudesse ser colocada na pira.

— Chegou a hora — entoou Cestia.

Acenderam-se as piras funerárias e o fogo vermelho purificador consumiu os corpos de três dos melhores cromos que os territórios já haviam visto.

Os dias seguintes aos ritos fúnebres foram dedicados à reconstrução de Ayas. Isso aconteceu espontaneamente, sem que ninguém ordenasse. Os cromos que haviam lutado entre si estavam lado a lado, reconstruindo palácios e ruas. E, com o conhecimento combinado de todos juntos, ouso dizer que Ayas tornou-se mais bonita do que nunca, especialmente depois que os Cromos Azuis decidiram colorir sua Grande Pirâmide com as diferentes cores dos territórios, em vez de apenas azul.

Os Cromos Violeta estacionaram fora das muralhas da cidade. As Cromos Laranja e os Cromos Amarelos foram alojados em grandes tendas abastadas, mobiliadas pelos Cromos Azuis. O mesmo luxo também foi oferecido aos Cromos Verdes, mas eles preferiram seguir seus costumes nômades, em sintonia com a natureza. Por isso acamparam ao ar livre, nas amplas planícies de trigo.

Eu e Cestia fomos colocados em uma tenda azul feita de veludo macio, com almofadas ainda mais macias e tapeçarias finas.

Nós apreciamos o espírito de camaradagem que permeava o ar, e podíamos ouvir risos dentro e fora da cidade durante os dias e as noites. Parecia que todos tinham esquecido a guerra ou, melhor dizendo, as perdas que tínhamos sofrido, e começado de novo.

Porém a guerra não tinha terminado…

CAPÍTULO 37

DESPERTAR

A morte de Shaina e Sitria deixou a Nação Laranja sob a responsabilidade de Ewy, a mais jovem das quatro Irmãs governantes. A mais velha das quatro, Nara, ficou muito debilitada após a batalha de Crodya, então, ela optou por permanecer no território Violeta com os cromos mais jovens.

Ewy foi rapidamente escoltada de Papylia para Ayas. Depois de lamentar a perda das duas Irmãs mais velhas, e embora ainda muito nova, Ewy assumiu bem a liderança. Um dia, ela veio nos ver enquanto estávamos ocupados ajudando a reconstruir a Pirâmide Azul.

— Irmã Cestia, posso ter uma palavrinha com você? — perguntou.

Cestia olhou intrigada para mim, depois para ela, e sorriu.

— É claro.

Vi as duas se afastarem e depois retornei ao trabalho, virando de vez em quando para observá-las. Gostaria de ouvir o que estavam discutindo. Cestia concordou bastante, mas não falou muito. Depois, vi a pequena irmã Laranja abraçá-la e ir embora.

— Bem… — perguntei. — O que era tão importante que Ewy precisava conversar com você a sós?

Cestia sorriu e respondeu:

— Ela quer que eu me torne a líder delas.

— Bem, quem teria previsto uma coisa dessas? — respondi. — As cores não só ajudando umas às outras, mas também se fundindo!

— Isso não seria uma novidade — disse ela, corada, com os olhos cheios de malícia.

— De fato, Vossa Alteza — falei, fazendo uma reverência. Depois acrescentei: — Mas agora estou perdido nos títulos. Devo chamá-la de Princesa Vermelha ou de Irmã Laranja?

Em resposta, ela me empurrou e eu caí, rindo. Cestia saltou em cima de mim e nós brincamos de lutinha. Ela sorriu e mordiscou minha orelha.

— Sou eu que estou perdida. Devo chamá-lo de Rei dos Cromos ou de Príncipe dos Arlequins?

Seus olhos anis brilhavam como os de uma felina.

— Pode me chamar do que quiser, desde que seus lábios de cereja continuem me beijando — retruquei.

Não sei o que nos deu, mas eu e Cestia estávamos imensamente felizes. Parecia que um antídoto natural tinha sido preparado dentro de nossos corações, um antídoto contra a miséria e a tristeza da guerra. Foi o espírito de nossa juventude que, combinado com nosso amor, o tornou mais forte que a morte e maior que a vida, e nos fez seguir em frente. Apreciei cada momento com minha bela Princesa, esperando secretamente que tal leveza em nossos corações jamais desaparecesse.

Trinta dias e trinta noites se passaram. Durante esse tempo, nos engajamos em inúmeras discussões sobre qual deveria ser nosso próximo passo em relação aos Cromos Pretos. Quando a lua cheia chegou, mais uma vez encontrávamo-nos em meio a uma discussão infrutífera na tenda de Ddeko.

— Digo que devemos deixá-los presos em sua cidade esquecida pelos deuses e seguir em frente — resmungou Ddeko. — Estamos todos cansados da guerra. Precisamos voltar às nossas vidas.

— Até que eles se reagrupem e ataquem novamente? Eles nunca vão desistir. Nomius não permitirá — respondeu Cestia.

— Mesmo ele não consegue superar a lógica dos números. Os Cromos Pretos sabem que estamos unidos. Eles nunca ousariam atacar outra nação novamente, pois as demais seis estariam prontas para dar o troco — insistiu Ddeko.

Cestia continuou.

— Precisamos terminar o que começamos: ir até Axyum e dar o golpe final. Então, e só então, uma paz duradoura poderá ser alcançada nos territórios.

— Como você pode estar tão certa da vitória? — refutou Danayd. — Nosso exército é metade do que era. E não é formado por soldados, mas sim por camponeses, comerciantes e artesãos.

— E nós... quer dizer, eles... estão cansados — acrescentou Xai.

— Você não entende. Nós, Cromos Vermelhos, derrotamos os Cromos Pretos há poucos solstícios, mas cometemos um erro — disse Cestia. Ela ergueu seu dedo indicador. — Um erro grande e fatal: nós permitimos que eles *vivessem*. E pagamos caro por isso. Não cometam o mesmo erro agora.

— Devemos deixar passar outra noite e contemplar suas palavras em particular, antes de tomar uma decisão tão importante — sugeriu Danayd.

Infelizmente, esta foi a maneira como todas as nossas discussões anteriores terminaram, e Cestia ficava cada vez mais ansiosa.

Naquela noite, de volta à nossa tenda, eu e ela não dormimos juntos como amantes, e tampouco nos sentíamos amigos.

— Só para ficar claro... você quer matar todos? — perguntei. — Mães e crianças, não apenas os soldados, mas *todos* os Cromos Pretos?!

— Eles nos pouparam, Asheva? Eles agiram de maneira diferente em relação aos Cromos Vermelhos?

— Um erro não justifica outro.

— Talvez, mas os dois erros *podem* evitar um terceiro.

— Seu pai queria unir os territórios, não destruir as Nações — recordei-a.

— Não se pode unir lobos com ovelhas.

Aproximei meu rosto ao dela.

— Nós fizemos isso.

— Fizemos o quê?

— Nós unimos lobo e ovelha.

Ela me olhou severamente e me empurrou para longe. Então, disse:

— Você não é mais um cromo Preto.

— Sim, eu sou! — retruquei.

— Não. Você os deixou quando viu o que estavam fazendo de errado — afirmou ela. — E então fez o que precisava fazer para detê-los! Você fez uma escolha. Decidiu se tornar um arlequim. Você não deve mais nada a eles.

Ela apresentava uma expressão estranha e tensa em seu rosto, uma expressão que eu nunca vira e que não conseguia compreender direito.

— Os outros ouvirão você, Asheva! Precisa convencê-los a lutar e a destruir Axyum!

— Você mudou — afirmei, ainda tentando decifrar seu rosto.

Minhas palavras devem tê-la atingido como flechas, pois de repente ela arregalou os olhos e depois começou a chorar. Eu tendia a esquecer o quão frágil sua alma era às vezes.

— Sinto muito, Cestia. Desculpe, eu não queria... é que eu sei o que a raiva e a fúria podem fazer. Como podem nos partir por dentro...

— Não! — protestou ela, recompondo-se. — Estou bem. Apenas... me deixe ficar sozinha.

E então ela deixou a tenda. Parte de mim queria ir atrás dela, mas eu sabia que era melhor dar-lhe algum espaço.

Fiquei acordado, refletindo sobre suas palavras e a natureza impiedosa e intransigente dos Cromos Pretos. É verdade que os Cromos Pretos certamente não eram mais os nobres guerreiros que um dia se orgulharam de ser. Ou talvez tenha sido apenas minha educação em Axyum que me condicionou a vê-los dessa maneira. Mas então pensei em minha mãe, Valia, na cromo determinada e honesta que ela era. E no meu pai... Sempre senti seu amor, forte e sereno ao mesmo tempo, enquanto eu crescia. Eu vira como seu respeito pelos animais era profundo durante nossas caçadas. Certamente, ele desaprovaria as ações de Nomius e a forma como os guerreiros Pretos lhe obedeciam cegamente. Destruir Axyum era também destruir em parte a memória de meus pais e a memória de outros bons cromos Pretos. Eu sabia que os Anciãos nunca eram questionados em Axyum. Isso era algo que um cromo Preto simplesmente não fazia. Mas... não, eu simplesmente não podia acreditar que todos eram como Nomius.

Continuei me revirando na cama, imerso em meus pensamentos até adormecer.

— Asheva! — murmurou alguém. — Acorde, Asheva!

Abri os olhos. Alguém puxava meu braço. Esperava ver Cestia, mas, em vez disso, vi uma figura oculta pela escuridão na minha frente, trajando um manto roxo com um capuz sobre o rosto. Tentei pegar minha espada, mas percebi que ela não estava perto da cama, onde eu a havia deixado.

A sombra a segurava.

— Só quero conversar com você — disse ele. — Como um velho amigo.

— Quem é você?

Ele tirou o capuz e revelou os cabelos loiros encaracolados. Depois tirou a máscara branca e simples que usava, e eu vi que era...

— Andahar!

Por um instante, pensei que estava tendo o mesmo sonho que tivera em Papylia. Mas Andahar estava diferente. Sua expressão não era feroz e arrogante, mas cansada e humilde. Embora tivéssemos a mesma idade, seus solstícios pareciam ter dobrado. Logo pensei em Cestia. Onde ela estava? Ele a tinha raptado? Será que a feriu?

Ou ela havia visto Andahar chegando e correu em busca de ajuda?

— Apenas me ouça — sussurrou. — Arrisquei minha vida para vir até aqui.

Belisquei minha perna. Aquilo definitivamente não era um sonho. Ele parecia bem sincero, e eu suspeitava que Cestia não tinha retornado à tenda depois de nossa discussão. Eu só esperava que ela não voltasse bem naquele momento.

— Fale então — disse, tentando ao máximo não parecer nervoso.

— Eu aceitaria antes um pouco d'água — disse ele.

— Você veio aqui para falar ou para matar a sede?

— Eu poderia ter te matado enquanto dormia se quisesse — refutou ele. — Os sentinelas que você colocou ao redor de seu acampamento não conseguem nem mesmo cuidar de um rebanho de ovelhas.

Dei-lhe uma botija de couro com água que estava próxima à minha cama. Ele bebeu avidamente, sem tirar os olhos de cima de mim.

— Ah, bem melhor.

Enquanto secava a boca com a mão, seus olhos vagavam pela tenda. Ele franziu o cenho diante daquele luxo.

— Ainda há sangue Preto correndo em suas veias, Asheva? Ou você se tornou um delicado cromo Azul? Desculpe, quis dizer um arlequim.

— Meu gosto por ambientes de descanso bem-decorados é tão refinado quanto seu senso de humor. Se eu gritasse por ajuda, você seria morto num instante — sibilei. — Isto é, se eu mesmo não te matar primeiro.

— É assim que se fala — retrucou ele. — Você ainda tem um pouco de cromo Preto dentro de si, afinal.

— Quem é você para dizer o que é ou não um cromo Preto?

— Eu não vim aqui para lutar — suspirou. — Vim aqui para pedir sua ajuda.

Aquele pedido repentino me surpreendeu.

— Pedir minha… ajuda?

Ele assentiu com a cabeça.

— Para fazer uma trégua… e para me ajudar a me tornar o novo Grande Ancião.

Tudo isso foi, no mínimo, inesperado. E muito improvável.

— Nomius o enviou aqui, não foi? — disse, enfim.

Parte de mim queria acreditar em Andahar, mas outra parte lembrou-me de que o líder Preto fora capaz de manipular e fazer com que um Ministro Vermelho traísse seu próprio reino.

— Deixe-me adivinhar — continuei. — Você vai propor que eu me torne o líder de um dos territórios e que eu tenha seu total apoio em troca de trair as outras nações.

Andahar permaneceu em silêncio. Eu continuei:

— Bem, se esse é o caso, você veio aqui para nada. Sabia que fui eu quem matou o Ministro Vermelho Oris? A marionete de Nomius?

Mais uma vez, Andahar não respondeu. Ele apenas permaneceu parado, me observando. Havia fogo em seus olhos, mas também havia incerteza. De repente, ele se levantou e eu pensei que me atacaria. Em vez disso, ele jogou minha espada no chão e disse:

— Estamos morrendo de fome, Asheva. Nomius forçou cada cromo homem de catorze solstícios ou mais a entrar na guerra. Não temos comida para dar às nossas crianças. Idosos e doentes são considerados inúteis e privados de qualquer conforto para que morram mais rápido e saiam do nosso caminho. É vergonhoso. Axyum é como uma árvore cujas raízes se decompuseram. — Fez uma pausa, e então acrescentou: — A propósito, nenhum dos cromos Pretos sabe que estou aqui. Eu gostaria de manter isso em segredo.

— Espere — eu disse. — Fale mais.

— Venha para Axyum. Há outros como eu que querem ver a Nação Preta mudar de mãos. Não somos todos como Nomius. Queremos expulsá-lo, mas ele ainda é forte e precisamos de ajuda.

— Ainda não entendi o que você quer de mim.

Andahar acenou na direção de nosso acampamento.

— Todos os cromos daqui escutam você. Se outros, em Axyum, o vissem... e o ouvissem... se soubessem que podemos contar com você para nos apoiar e convencer as outras nações a apoiar minha facção...

— Por que qualquer cromo Preto confiaria em mim?

Num tom mais baixo, ele respondeu:

— Não seja ingênuo, Asheva. Os cromos falam de você em Axyum. Para muitos, você é um bom exemplo. Você matou um Grande Ancião com catorze solstícios... E conseguiu unir todos os territórios contra nós. Inúmeras lendas já foram criadas por muito menos.

A maneira como ele falava o fazia parecer mais velho do que realmente era. Ou talvez eu ainda estivesse agarrado à memória que tinha dele, o Andahar que eu conhecia da infância, travesso e engraçado. Não havia mais vestígios daquele jovem cromo.

— Pense em quantas vidas poderíamos salvar!

Um tom de súplica se insinuou em sua voz.

— Deixe-me falar com os outros — disse.

— E desperdiçar mais tempo precioso? Ambos sabemos que eles não concordariam.

Ele ficou agitado:

— Olha, estou tentando evitar outro massacre. Porque *haverá* mais mortes, muitas mais, de ambos os lados, se não fizermos *algo*.

— Tudo bem — assenti, e concordamos em nos encontrar novamente na Canceriana em dois dias.

Ele estava prestes a sair quando agarrei seu braço.

— Eu o matarei sem hesitação ao primeiro sinal de...

—Não. Você não vai — disse ele.

Então ele saiu, envolto pela escuridão da noite.

Assim que ele desapareceu de vista, fui procurar Cestia do lado de fora. Também fui verificar nossos sentinelas. Eu não podia acreditar que um cromo Preto tivesse simplesmente entrado e saído de nosso acampamento! Por um instante, temi que mais cromos Pretos tivessem seguido Andahar, mas não parecia ser o caso.

— Cestia! — sussurrei. — Cestia! Onde está você?

— Ela está segura, com nossas irmãs.

Uma voz estridente soou da escuridão.

— Sou eu, Ewy! — apresentou-se ela.

— Nossa, você me assustou! — comentei.

— Cestia tem passado muito tempo conosco.

— Sim, eu sei. Você quer que ela se torne sua líder.

Eu havia esquecido que isso devia ser mantido em segredo, mas, naquele momento, ainda estava pensando em Andahar e preocupado em encontrar Cestia.

— Ah, então ela falou para você — disse Ewy, rindo. — Mas... Essa não é a razão, arlequim bobo! — acrescentou ela.

— O que você quer dizer? Onde ela está agora?

— Com minhas irmãs mais velhas, naquela tenda, ali.

Ela apontou para outra tenda, iluminada por velas, com um brilho quente e vermelho.

— Você não deveria sair no escuro deste jeito, Ewy. Ainda estamos em guerra e ainda é perigoso.

— Não tenho medo da noite — respondeu ela. — A noite promete muito, não acha?

Fiquei confuso com todos aqueles enigmas que ela estava lançando. Havia muito que eu ainda precisava entender sobre as Cromos Laranja e a Irmandade, mas não tinha tempo para isso. Eu queria desesperadamente falar com Cestia.

Caminhei até a tenda que Ewy apontou e chamei seu nome. Ouvi vozes abafadas. Em seguida ela saiu, e eu respirei aliviado.

— Acordei e não te encontrei ao meu lado! — disse a ela.

Ela evitou meus olhos e encarou o chão.

— Eu não... não estava me sentindo muito bem.

Levantei seu queixo para poder contemplá-la cara a cara.

— Cestia, o que houve? Falei com Ewy e ela me disse que há outra razão pela qual você passa tanto tempo com as Cromos Laranja.

Os olhos dela se arregalaram.

— Por favor, o que está acontecendo? — perguntei, ainda mais intrigado.

— Eu... nós... vamos ter um bebê.

◆

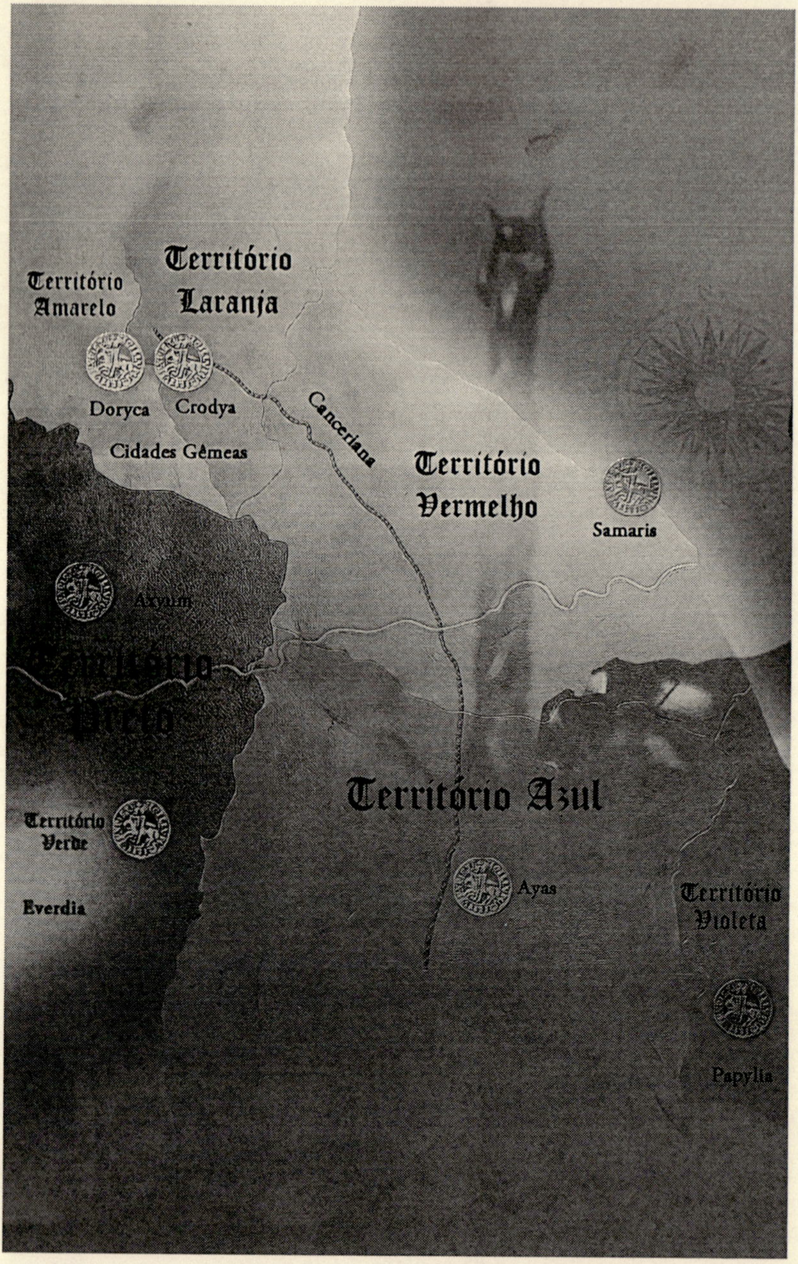
Território Laranja
Território Amarelo
Doryca
Crodya
Cidades Gêmeas
Canceriana
Território Vermelho
Samaris
Axyum
Território Preto
Território Azul
Território Verde
Everdia
Ayas
Território Violeta
Papylia